ENTHÜLLUNG DES NEKROMANTEN

Die Steine von Amaria Buch 3

Lindsey R. Loucks

Enthüllung des Nekromanten

Autor: Lindsey R. Loucks

Umschlaggestaltung: Danielle Fine

Die originalausgabe erschien 2019 unter dem Titel "Necromancer Revealed."

© 2024 Lindsey R. Loucks

Autor: Lindsey Loucks

2950 NW 29th Ave, STE A624925

Portland, OR 97210

United States

lindsey@lindseyrloucks.com

KAPITEL EINS

LANGSAM SICKERTE DAS Bewusstsein ein. Ich trieb darunter, während ich auf einem trägen Fluss dahintrieb, zufrieden, weil jenseits davon Herzschmerz, Versagen und Schrecken lagen. Davon hatte ich genug gehabt, danke.

Aber ein langes, tiefes Knarren zog mich zur Realität. Diesen Klang hatte ich schon einmal gehört. Mein Herz setzte aus. Grauen entfaltete sich in meinem Kopf und spießte verlorene Erinnerungen direkt in meine Augenlider. Ich riss sie auf, während der Rest von mir vor Schrecken erstarrte. Das Knarren ging weiter wie ein Sargdeckel, der sich öffnete. Eine bleiche Hand, die sich herausschlängelte. Und aus dem Sarg erhob sich Ryze, von den Toten zurückgekehrt.

Wegen mir.

Ich durchlebte es als meine persönliche Hölle zur Strafe. Aber selbst als meine Augen meine Umgebung wahrnahmen, verwarf ich diesen Gedanken. Ich würde mich für alle Ewigkeit bestrafen, nachdem Ryze wieder verschwunden war.

Trotzdem ging das Knarren weiter. Es kam von der großen Holztür auf der anderen Seite des Raumes, die sich langsam öffnete. Ich hatte keine Ahnung, wo ich war – oder wer da hereinkommen könnte. War er es? War es Ryze, der hier war, um mich endgültig zu erledigen?

Ich riss mich von dem Bett los, auf dem ich lag, aber mein Körper war schlaff geworden. Ich kippte zur Seite und fiel hart auf den Steinboden. Meine Hüfte schlug zuerst auf und dann die Seite meines Kopfes. Meine Zähne schlugen aufeinander, und Sterne zischten durch mein Blickfeld.

Ich konnte keinen Atemzug nehmen, um zu stöhnen oder zu schreien. Denn jetzt konnte ich unter dem Bett ein Paar Stiefel sehen, die sich hereinschlichen.

Oh Götter. Panik peitschte mein Blut schneller durch die Adern. Ich griff nach dem Dolch in meinem Stiefel, aber ich trug gar keine. Nur ein dünnes weißes Nachthemd bedeckte mich bis zu den Knien. Aber ich war nicht wehrlos.

Die Stiefel drehten sich um die Tür und kamen auf mich zu. Ich hatte Magie, aber all das Latein, das ich kannte, war in meinem benebelten Gehirn durcheinandergeraten und geschmolzen. Ich könnte wegrennen. Nein, ich konnte mich nicht einmal auf die Ellbogen hochstemmen.

„Dawn?", rief eine Stimme.

Ich kannte diese Stimme. Sie klang so sanft und liebevoll.

Ich blinzelte heftig. „Papa?", versuchte ich zu sagen, aber es kam nur ein Quietschen heraus.

Dann erschien er um die Seite meines Bettes herum, mit meiner Mutter ein paar Schritte hinter ihm, beide mit heruntergeklappten Kinnladen und Sorge in ihren blauen Augen. Sie waren hier, bei mir, gekleidet in ihre Frühlingskleidung aus Leder und trugen glänzende Heil-amulette wie Schmuck. Ich ließ meinen Blick durch den Raum schweifen, zu den Fackeln an den Wänden, die mit Nekromantie-Symbolen und Totenschädeln verziert waren. Meine Eltern waren hier an der Nekroman-ten-Akademie, anstatt an der Akademie für Weiße Magie, wo ich hätte sein sollen.

„Wer hat dich auf den Boden gelegt?", fragte Papa, kam auf mich zu, hob mich mühelos in seine Arme und legte mich zurück ins Bett unter die Decke.

„Hast du dich verletzt?", murmelte Mama einen Heilzauber, und wie immer machte sie alles besser.

Ich starrte sie beide weiterhin an und sah Anklänge von Leo in Papas Kiefer und mein altes Ich in Mamas strahlend blauen Augen und noch strahlenderen blonden Haaren. Ich hatte ihnen nicht gesagt, dass ich hier war, doch sie jetzt zu sehen, nach allem, was passiert war, erfüllte mich mit so viel Erleichterung, dass ich in Tränen ausbrach. Die Erleichterung überdeckte die Scham, die ich dafür empfand, sie angelogen zu haben. Fürs Erste. Das würde noch kommen, da war ich mir sicher.

Sie ließen mich weinen, während Mama mein Haar streichelte – blond wie ihres; jemand musste die Kohle herausgewaschen haben – und Papa unbeholfen meine Zehen in seiner großen Hand drückte.

Als ich mich endlich gefasst hatte, fragte ich: „Wie lange seid ihr schon hier?"

„Seit du in die Magierverdämmerung gefallen bist", sagte Mama sanft. „Vor drei Monaten."

Ich sackte ins Bett und ließ diese Nachricht mich erdrücken. Drei Monate. Drei Monate war ich bewusstlos gewesen, während Amaria unter Ryzes Rückkehr litt.

Ich wollte es nicht wissen, aber ich musste es wissen. „Wie schlimm ist... alles?"

Mama wechselte einen Blick mit Papa und verzog das Gesicht. „Es ist... nicht gut. Die Magie ist ein bisschen verrückt geworden, seit er zurück ist."

„Wusstet ihr es?", fragte ich sie, meine Stimme zitterte. „Wusstet ihr, dass ich es war, der ihn zurückgebracht hat?"

„Dawn", sagte Papa sanft, „wir wissen, was passiert ist, und nicht das Geringste davon war deine Schuld."

Ich schüttelte den Kopf, bevor er überhaupt fertig war, denn er konnte es nicht wissen. Es waren nur vier von uns in der Krankenstation gewesen – Professor Wadluck, Morrissey, Ryze und ich – und von diesen vieren würde ich dreien nicht glauben, wenn sie mir sagten, dass Wasser nass ist.

„Wir wissen es wirklich", sagte Mama und nahm meine Hand. „Du hattest den Magie-Dämpfer in deiner Hand, als du ihn zur Turnhalle gebracht hast, bevor du in die Magierverdämmerung gefallen bist. Der Dämpfer wurde deaktiviert und zur Akademie für Weiße Magie zurückgebracht."

„Ich meine davor", flehte ich. Ich brauchte ihr Verständnis, damit sie mich anschreien, mir sagen würden, wie enttäuscht sie von mir waren. „Ich habe Ryze zurückgebracht. Ich. Weil meine Magie grau wurde. Weil ich hierher gekommen bin" – meine Stimme brach – „um Leos Mord zu rächen."

Schwere Stille legte sich über den Raum, dick wie das zackige Loch in unserem Leben, das Leo einst ausgefüllt hatte. Sein Tod hatte mich am Boden zerstört, aber er hatte meine Eltern völlig vernichtet. Ich wusste das, und trotzdem hatte ich egoistisch gehandelt, indem ich sie anlog und mit Mordgedanken hierherkam.

„Es tut mir leid", krächzte ich, obwohl das nicht genug war. Das würde nie genug sein.

„Wir wissen, warum du hergekommen bist." Mama senkte den Kopf, als sie meine Finger beruhigend drückte.

„Wirklich?"

„Dieser nette Junge Ramsey hat uns einen Raben geschickt, nachdem du in den Magieroblivion gegangen bist."

Er hatte ihnen gesagt, dass ich hier war. Ich konnte nicht einmal wütend sein, weil ich so erleichtert war, sie zu sehen. Trotzdem, Ramsey ein netter Junge? Nervig, ja. Unmöglich, ja. Ein Mörder... definitiv nicht. Aber nett? Darüber hatte ich nicht viel nachgedacht.

Mom nickte. „Als wir ankamen, haben er und Schulleiterin Millington uns eingeweiht. So gut sie konnten, jedenfalls."

Dad setzte sich auf das Bett neben meine Füße. „Nachdem der Onyxstein aktiviert wurde, fand man Professor Wadluck versteinert neben einem offenen Sarg in der Krankenstation. Das Ministerium für Strafverfolgung hob den Zauber auf und verhörte ihn. Er gestand alles."

„Einschließlich deiner Rolle, Dawn", sagte Mom. „Er hat dich wegen der Farbe deiner Magie benutzt. Du warst kein williger Teil davon, und niemand gibt dir dafür die Schuld."

„Das ändert aber nichts daran, oder?", ich zog die Decke enger um mich. „Ryze ist immer noch zurück."

„Um ihn wird man sich kümmern." Mom strich mit ihrer Hand über meine Wange, ihre Berührung wie Balsam für meine Seele. „Darum musst du dir jetzt keine Sorgen machen."

„Hast du vergessen, Mom? Ich mache mir über alles Sorgen."

Sie lachte kurz. „Na ja, du wärst nicht meine Tochter, wenn du das nicht tun würdest."

„Aber seid ihr nicht wütend auf mich?", fragte ich, aber es klang, als würde ich betteln. „Enttäuscht? Ich habe euch angelogen. Ich bin an diese Akademie gekommen, um jemanden zu töten, weil ich dachte, er hätte Leo getötet. Bitte schreit mich einfach an, damit wir diesen Teil hinter uns bringen können."

„Wir sind wütender auf uns selbst." Dad schüttelte den Kopf und blickte abwesend in die ferne Ecke des Raumes, seinen Mund zusammengepresst. „Wir waren nach Leos

Tod nicht so für dich da, wie wir es hätten sein sollen. Wir sind nicht zusammengerückt. Du hast dich wütend und allein gefühlt und..."

Mom blickte ihn an und schwieg dann einen Moment, bevor sie wieder meinen Blick traf. „Keiner von uns hat gesehen, was du in der Nacht von Leos Tod gesehen hast. Du warst verletzt. Wir alle waren es. Du bist damit umgegangen, wie du es für richtig hieltest, und auch wenn es nicht richtig war, hast du es auch nicht falsch gemacht."

„Ramsey lebt noch", erinnerte mich Dad. „Er hat uns erklärt, warum."

Mom tätschelte meine Hand und grinste. „Er ist wirklich ein netter Junge."

Ich schnaubte und schüttelte den Kopf.

„Du denkst nicht so?", fragte sie.

„Er bringt mich dazu, mich selbst anzünden zu wollen." Obwohl das nicht ganz stimmte, oder? Oft stimmte es allerdings schon.

Dad prustete. „Klingt wie deine Mutter, als wir uns kennenlernten. Ich habe sie in den Wahnsinn getrieben."

„Oh, das tust du immer noch", sagte Mom und lächelte ihn an. „Das hat sich nicht geändert."

Götter, ich hatte sie vermisst und wie leicht sie einander und mich liebten, obwohl ich es ihnen schwer machte.

„Ich war in den letzten Monaten auch nicht für euch da", gab ich zu. „Ich war zu sehr... in mich selbst vertieft, wirklich."

„Also ändern wir das, hm?", sagte Mom. „Wir alle."

Ich nickte und spürte, wie sich der Knoten in meinem Hals zusammenzog. Wenn ich Ramsey getötet hätte, würden sie wohl kaum so vergebend sein. Ich dachte immer noch, ich hätte es verdient, angeschrien zu werden, aber vielleicht konnte ich das selbst tun, wenn ich nicht gerade überlegte, wie ich Ryze aufhalten könnte.

„Dawn", sagte Mom, ihre Stimme leise, als sie die Schädel an den Wänden betrachtete. „Wie hältst du es hier aus? Die Winkel stimmen alle nicht, es ist eiskalt, und es ist so... dunkel."

„Ich habe mich daran gewöhnt", gab ich zu.

Sie schauderte und schlang dann die Arme um sich. „Wie?"

Ein leichtes Klopfen ertönte an der Tür, und ein dunkelhaariger Kopf lugte herein. Zuerst hatte ich keine Ahnung, wer es war, aber dann trafen sturmgraue Augen auf meine und hielten den Blick für mehrere aufgeladene Herzschläge. Er sah so anders aus – größer, breiter, sein Haar etwas länger. Er trug komplett Schwarz, die Ärmel seines Hemdes bis zu seinen kräftigen Unterarmen hochgekrempelt. Seine hochmütige Augenbraue wirkte

jetzt weniger streng, leicht abgenutzt durch die verstrich-
ene Zeit und ausgeglichen durch die tiefen Ringe unter
seinen Augen. Er schien kein Fan des Schlafens gewesen zu
sein, während ich nichts anderes getan hatte.

Er blinzelte, sein Griff um die Tür verstärkte sich, als ob
das ihn aufrecht hielt. „Hi."

„Wir werden nur...", Dad deutete auf Mom und dann
zur Tür.

„Wir sind gleich draußen, okay?", Mom hob meine
Hand und küsste meine Knöchel.

Sie gingen eilig hinaus und schlossen die Tür hinter sich.

Dann starrten wir uns nur noch an. Ich wusste plötzlich
nicht, was ich sagen sollte, aus mehreren Gründen. Erstens
hatte ich versucht, ihn zu töten. Zweitens hatte er mich
geküsst. Und drittens sah ich wahrscheinlich aus, als wäre
ich selbst dem Grab entstiegen.

„Du bist wach", sagte er leise und blieb zögernd an der
Tür stehen.

„Ich musste sehen, was für ein Chaos ich angerichtet
habe", sagte ich. „Wo ist Morrissey?"

Er kam näher, seine Größe füllte den Raum, und drehte
einen nahen Stuhl herum, um sich neben mein Bett zu
setzen. „Weg. Keine Spur von ihr. Professor Wadluck
weigerte sich, Namen preiszugeben, aber wir haben ihre

Beteiligung anhand deines fehlenden Zahns und ihres anschließenden Verschwindens herausgefunden."

Ich tastete mit der Zunge nach der leeren Stelle in meinem Mund und nickte. „In dem falschen Zahn war ein grünes Gas, das meine Worte veränderte und den Nekromantie-Zauber sprach. Der Dämpfer war auch darin."

„Das Ministerium dachte, dass es so sein könnte", sagte er mit einem Seufzen. „Es ist die perfekte Größe. Clever."

„Hinterhältig", korrigierte ich. „Sie war meine Freundin."

„Ich weiß." Er runzelte die Stirn, als er meinen Blick für einen Moment hielt. „Du willst wissen, was mit Seph ist."

Es war keine Frage, weil es keine sein musste. Ich war mir nur nicht sicher, ob ich bereit war, die Antwort zu hören.

„Ist sie hier?", krächzte ich.

„Gleich nebenan im Krankenflur. Deine Eltern versuchen, sie zu heilen, seit sie angekommen sind. Ich habe ihnen gesagt, wie viel sie dir bedeutet."

Ich nickte, Tränen brannten in meinen Augen. Er hätte das nicht tun müssen, aber natürlich hatte er es getan.

„Du bist wütend, dass ich ihnen alles erzählt habe, oder?", fragte er. „Du warst im Magieroblivion, und ich musste ihnen zumindest einen Rav-"

„Nein. Ich bin nicht wütend."

Er studierte mein Gesicht, wie er es immer tat, las wahrscheinlich alles dort und noch viel mehr. „Aber du denkst immer noch darüber nach, dich wegen mir selbst anzuzünden."

„Du hast es gehört."

Ein schiefes Lächeln. „Hab ich."

„Lauscher", murmelte ich. Es war so leicht, in diese entspannte Art miteinander zu sprechen zu verfallen, wie ein Schlagabtausch aus Sarkasmus. Es fühlte sich so natürlich an wie Atmen, aber ich musste mich in Bewegung setzen. Ich schlug meine Decke zurück.

„Die Tür war offen, und ich war direkt davor." Ein langsames, hinterhältiges Grinsen teilte seinen Mund und entblößte seine Grübchen. „Es ist schön zu wissen, dass sich meine Wirkung auf dich geändert hat. Du willst mich nicht mehr umbringen, oder?"

„Das habe ich nie gesagt." Ich hob eine Augenbraue und streckte meine Hand aus, da ich meinem Körper nicht traute, nicht wieder seitwärts zu kippen.

Er ergriff sie, seine Wärme und Stärke ein Schock für mein System. „Ich werde das trotzdem als Fortschritt betrachten... Was machst du da?"

„Du bringst mich zu Seph", sagte ich und schwang meine Beine über die Bettkante.

„Jetzt sofort? Dawn, du bist gerade erst aus der Magierdämmung erwacht."

„Genau. Ich bin jetzt wach." Ich drückte seine Hand und stand auf wackeligen Beinen. „Also ist es Zeit aufzustehen und Dinge zu erledigen."

Sein Mund klappte auf, und dann schloss er ihn mit einem Lächeln. „Es ist gut, dich zurück zu haben."

„Ja, ja, du hast mein Gesicht vermisst." Ich machte einen wackligen Schritt, dann zwei. Beim dritten schossen wütende Kribbel meine Beine hoch. Ich stolperte in Ramsey und stützte meine Hand auf seine Brust.

Er legte seinen anderen Arm um meine Taille, um mich zu stützen, und zog meinen Körper eng an seinen. Sein Herz hämmerte hart gegen meine Fingerspitzen, und ich sah auf, um zu sehen, ob es ihm gut ging.

Er blickte auf mich herab, und sein Atem strich über meine erhitzte Haut. „Ich habe mehr als nur dein Gesicht vermisst."

Etwas ging zwischen uns vor, ein Energiestoß, der uns an noch mehr Stellen verband, als wir uns berührten.

Ich zog mich zurück, brauchte etwas Abstand, aber nicht zu weit, damit ich nicht auf den Boden prallen würde. „Du denkst schon wieder daran, mich zu küssen."

Er lachte, als er die Tür öffnete, seine Hand immer noch meine umklammernd. „Möchtest du, dass ich das tue?"

Darüber wollte ich jetzt nicht nachdenken.

Meine Schritte wurden unsicher, als ich durch die Türöffnung ging, während sich mein Kopf und mein Magen in entgegengesetzte Richtungen drehten. Es war wahrscheinlich nicht die klügste Entscheidung, so früh schon auf den Beinen zu sein, aber nichts konnte mich von Seph fernhalten.

„Alles okay?", fragte Ramsey. „Brauchst du einen Eimer oder so?"

Ich schüttelte den Kopf und atmete durch die Übelkeit hindurch, als wir in einen Flur traten, den ich noch nie zuvor erkundet hatte. Magier und einige Schüler der Nekromanten-Akademie drängten sich im Flur, entweder auf dem Weg durch oder in kleinen Gruppen im Gespräch. Einige blickten zu Ramsey und mir herüber, aber ich ignorierte sie. Meine Eltern standen auf der anderen Seite des Flurs und unterhielten sich mit dem Heiler, und beide schauten herüber und nahmen unsere verschränkten Hände wahr. Synchronisierte Lächeln erhellten ihre Gesichter. Es war seltsam, aber es wäre noch seltsamer gewesen, wenn ich seine Hand losgelassen und Unschuld vorgetäuscht hätte, also tat ich es nicht.

Direkt vor dem Zimmer stand eine niedrige Holzbank an der Wand mit einem Kissen und einer Decke darauf.

„Wer hat hier geschlafen?" Nicht meine Eltern, da nicht genug Platz war.

Ramsey räusperte sich und rieb sich den Nacken, während wir langsam den Flur entlanggingen.

„Du?"

Er zuckte mit den Schultern. „Ich habe mein Zimmer im Wohnheim für einige der Magier aufgegeben, die gekommen sind, um bei den Aufräumarbeiten nach Ryzes Rückkehr zu helfen, okay?"

„Du siehst aus, als hättest du seit Ewigkeiten nicht geschlafen. Vor meinem Zimmer zu schlafen... Das kann nicht bequem sein. Du brauchst ein Bett."

Er warf mir ein wissendes Lächeln zu. „Jetzt machst du dir Sorgen um mich?"

„Es gibt keinen Grund, dich selbst zu quälen", brummte ich.

Er sah weg, aber nicht bevor ich eine Grimasse über sein Gesicht huschen sah. Ich hatte etwas Falsches gesagt – oder Richtiges. Er quälte sich tatsächlich selbst.

Eine weitere Bank stand neben Sephs Tür mit einem Kissen und einer Decke, nur diesmal lugte ein blonder Kopf hervor und sanftes Schnarchen kam von darunter.

„Jon", hauchte ich.

Er war wahrscheinlich genauso von Sorge um Seph zerfressen wie ich. Der arme Kerl hatte es so schlimm erwischt wegen der Prinzessin. Ich war froh zu sehen, dass es ihm gut ging nach – ich schluckte schwer – jener Nacht.

Die Turnhalle war in Blut getränkt gewesen, mit Seph über den toten Körpern schwebend, den glühenden Onyxstein in ihrer Hand umklammert. Ich schauderte und rieb mir die Augen in dem Versuch, diese Erinnerung auszugraben und darauf herumzutrampeln.

„Ramsey." Wir hielten vor der Tür inne, und ich musste die nächsten Worte herauspressen. „Wie viele sind gestorben?"

„Sechs Verletzte. Vierundzwanzig Tote." Sein Gesicht verhärtete sich, als er zur Tür vorging, die starre Linie seiner Schultern füllte mein Blickfeld. „Ich bin der Letzte der Diabolicals, weil ich zu spät war."

Weil er bei mir gewesen war. Mich beschützt hatte. Mich geküsst hatte. Ich zwang mich zu atmen. Kein Wunder, dass er sich selbst quälte. Er hatte alle seine Freunde verloren.

Ich hatte plötzlich den Drang, die Hand auszustrecken und zu versuchen, etwas von der Schuld wegzustreichen, die er sicherlich auf seinen angespannten Schultern trug, aber er öffnete die Tür zu Sephs Zimmer und trat ein.

Kapitel zwei

Ich wusste nicht genau, was ich erwarten sollte, als ich Sephs Zimmer betrat, aber ich hoffte wirklich inständig, dass ich Seph schlafend mit Nebbles dem Bestatter, ihrer vertrauten Katze, auf ihrem Gesicht vorfinden würde und dass all dies nur ein Albtraum war, den wir hinter uns lassen konnten.

Keine Chance. Nebbles war nirgends zu sehen, und Seph schwebte etwa einen Meter über ihrem Bett. Immer noch schwebend. Immer noch mit dem glühenden Onyxstein in der Hand. Der einzige Unterschied zu jener Nacht war, dass jemand ihr blutiges Nachthemd gegen eines wie meines ausgetauscht und eine Decke über sie gelegt hatte. Ihre makellose ebenholzfarbene Haut hatte ihren Glanz verloren. Das Fackellicht schimmerte auf ihrem kahlen Kopf und flackerte über die rot-weißen tä-towierten Wirbel in ihrem Gesicht, die dadurch Bewegung vortäuschten. Das Einzige, was sich bewegte. Ich hatte sie noch nie so still gesehen. Sie war immer voller Leben gewesen, und jetzt...

Mein Blick blieb an ihr haften, während ich die Tür hinter mir schloss, und ich hielt den Knauf fest umklammert, falls ich fliehen müsste.

Das war zu viel. Meine Mitbewohnerin sah fast genauso aus, wie ich sie vor drei Monaten verlassen hatte. Das hätte Leo sein können, wenn der Stein weiterhin zu ihm geflüstert und ihn zum Schlafwandeln gebracht hätte, um ihn zu aktivieren. Wenn sein Leben nicht vorzeitig beendet worden wäre.

„Wie?", würgte ich hervor, nicht wirklich sicher, wonach ich fragte. Einfach nur... wie konnte das sein?

Ramsey wanderte tiefer in den Raum, seine Schritte flüsterleise. „Niemand weiß es. Deine Eltern. Andere Heiler. Niemand. Es ist nicht die Magiervergessenheit, denn bevor du den Dämpfer gefunden hast, hatte sie keine Magie zum Erschöpfen. Niemand in der Schule hatte welche, außer dir, erinnerst du dich? Man kann nicht erschöpfen, was von vornherein nicht da ist."

„Weiß Professor Wadluck davon? Macht er das?", platzte es aus mir heraus.

„Nein. Er sitzt im Gefängnis des Ministeriums, wo er nicht in und aus der Magiervergessenheit schlüpfen kann, um seinen Geist in sie zu legen und sie seinen Willen tun zu lassen. Sogar sein Schlaf wird überwacht", sagte er. „Ich denke, es ist einfach die Auswirkung der Aktivierung des Steins auf sie. Nichts hält sie am Boden, und niemand kann ihr den Stein wegnehmen. Da noch nie jemand zuvor den Onyx aktiviert hat, weiß niemand wirklich über seine Wirkungen... oder wie man sie stoppen kann."

„Außer Ryze."

Er nickte. „Außer Ryze."

„Ich hätte ihn fast getötet." Ich sackte gegen die Tür, fühlte mich wieder einmal besiegt. „Direkt nachdem ich ihn zurückgebracht hatte, hatte ich ein Messer in der Hand und stürmte auf ihn zu. Ich hatte wirklich vor, ihn zu töten, aber er war zu stark und ich war..." Ich schüttelte den Kopf, bittere Tränen liefen mir übers Gesicht. „Er hat Leo vielleicht nicht getötet, aber er war genauso schuld daran."

Ramsey starrte mich an, als hätte ich ihn geschlagen, und sein Gesicht wurde blass. „Dawn." Er durchquerte den Raum mit zwei Schritten und legte seine Hände auf meine Schultern. „Er hätte dich töten können. Du kannst nicht einfach mit deinem Dolch auf Ryze losgehen. Er ist jetzt der mächtigste, gefährlichste Magier in Amaria. Was hast du dir dabei gedacht?"

„Ich dachte daran, ihn aufzuhalten", schoss ich zurück. „Seine Macht ist nichts, sobald sie ihm genommen wird, und genau das habe ich vor zu tun. Er macht mir keine Angst. Niemand, der kleine Handlanger braucht, um ihm zu helfen, wird mir jemals Angst machen. Er ist erbärmlich. Er hat seinen Geist ursprünglich in sechs Steine aufgeteilt, weil er Angst davor hatte, seine Macht zu verlieren. Er hat selbst jetzt noch Angst."

Mir war gar nicht bewusst geworden, wie laut meine Stimme geworden war, bis ich aufhörte und das Echo im kleinen Raum hörte.

Ramsey sah mich einfach an, seine warmen Hände und die Tür waren das Einzige, was mich aufrecht hielt. Ich hasste diese Gefühle von Hilflosigkeit und Wut, aber ich hatte sie in letzter Zeit so oft gespürt, dass sie dornige Wurzeln geschlagen hatten. Das Erwachen aus der Magiervergessenheit und der Anblick all des Schadens von jener Nacht hatten die Wurzeln so verdreht, dass sie schmerzten.

Ich blickte zu Seph und schüttelte den Kopf. „Wenn überhaupt, sollte Ryze Angst vor mir haben. Er weiß es vielleicht noch nicht, aber er wird es erfahren. Das bin ich Seph und Leo zumindest schuldig. Ich muss *etwas* tun."

Ramsey nickte, schloss kurz die Augen und trat zurück. „Kannst du mir dann eine Sache versprechen? Stell dich ihm nie wieder alleine. Er hat keinerlei Skrupel zu töten. Überhaupt keine."

„Ich war sowieso so gut wie tot, und das wusste er. Aber ich werde schon klarkommen, wenn wir uns wiedersehen", sagte ich durch zusammengebissene Zähne.

„Ja…" Er verschränkte die Arme, der Stoff seines schwarzen Hemdes spannte sich um die Muskeln in seinen Armen, die vor drei Monaten noch nicht so ausgeprägt gewesen waren. „Ich habe da überhaupt kein Versprechen gehört."

„Ich verspreche es", sagte ich stirnrunzelnd. „Komm mir nur nicht in die Quere."

„Oh, ich werde dir ganz sicher in die Quere kommen. Aber nur, weil ich nicht will, dass du stirbst. Ich möchte dich am Leben erhalten."

„Du bist dann wohl kein besonders guter Nekromant."

Er lachte, seine Augen weiteten sich, als hätte es ihn selbst überrascht, und dann schüttelte er den Kopf. Er strich sanft über eine Strähne meines blonden Haares, trat näher und gab mir einen Kuss auf die Stirn. „Ich bin froh, dass du zurück bist", murmelte er, seine Lippen berührten noch immer meine Haut. „Es war unerträglich, all meine Freunde zu begraben."

Von all den Dingen, die er je zu mir gesagt hatte, war das das brutalste und offenste. Ich konnte mir nicht vorstellen, was er durchgemacht hatte, immer noch durchmachte. Kein Wunder, dass er so gequält aussah. Den Tod deiner engen Freunde in einer einzigen Nacht zu erleben... Das musste ihn verändert haben, genau wie Leos Ermordung mich verändert hatte.

Bevor ich es mir ausreden konnte, verschränkte ich meine Finger mit seinen, die noch immer in meinem Haar verwoben waren, und schlang meinen anderen Arm um seinen Rücken, während ich zu ihm aufblickte.

„Es tut mir leid", flüsterte ich.

Er nickte scharf, vermied meinen Blick und löste dann seine Finger aus meinen, um mich in eine Umarmung zu ziehen. Ich stand für einen halben Augenblick regungslos da, während Erinnerungen mit meiner gegenwärtigen Realität kollidierten. Aber dieser Ramsey sah ganz anders aus als der, der über Leos Leiche gestanden hatte. Dieser Ramsey brauchte mich, war all diese Monate für mich da gewesen, also umarmte ich ihn zurück.

„Du kannst mit mir reden", sagte ich ihm, war mir aber nicht sicher, ob ich die beste Person dafür war. Ich war überhaupt nicht gut mit dem Tod umgegangen, aber vielleicht wäre es anders gewesen, wenn ich jemanden in einer ähnlich dunklen Lage gekannt hätte.

„Später." Er strich über mein Haar, als er sich widerwillig löste. „Ich habe Craigs Eltern und der Schulleiterin gesagt, dass ich bei der Einrichtung eines Gedenkstipendiums helfen würde."

Craig, wie in Echos Craig. Mit ihrer Mitbewohnerin Morrissey hatte sie eine doppelte Dosis Herzschmerz erlitten. Ich musste sie finden, selbst wenn das bedeutete, wieder einen Schlag ins Gesicht zu kassieren.

Aber zuerst musste Seph wissen, dass ich hier war. Ich glitt von Ramsey weg und trat auf sie zu. Die Hand, die nicht den Onyx hielt, lag auf der Decke über ihrem Bauch, und als ich neben ihrem schwebenden Körper stand, küsste ich meine Fingerspitzen und drückte sie auf ihre Knöchel. Ihre Haut fühlte sich trocken an, aber warm, immer noch sehr lebendig.

„Was passiert, wenn ich versuche, ihr den Stein wegzunehmen?", fragte ich leise.

„Nichts. Absolut nichts. Dieser Arm wird sich nicht einmal bewegen."

Ich drückte ihre Finger, während ich ihr Gesicht studierte. Zumindest sah sie friedlich aus. „Es muss einen Weg geben, dich aus diesem Zustand zu holen, Seph. Ich werde ihn finden. Ich verspreche es." Ich zog mich zurück, mein Herz zersplitterte so sehr, dass der Schmerz mir den Atem raubte. „Ich liebe dich, Mitbewohnerin."

Wir ließen sie dort und fanden Jon, der immer noch auf der Bank schlief.

„Ist es Morgen?", flüsterte ich. Ohne Fenster war es unmöglich zu sagen. Kein Wunder, dass meine Mutter das hasste, da unser Haus mehr Fenster als massive Wände hatte. Ich sah meine Eltern nicht mehr im Flur, also mussten sie wohl bei jemand anderem ihre Magie wirken lassen.

„Früh, ja." Ramseys fester Griff stützte mich, als wir uns langsam den Flur entlang bewegten. Er warf mir immer wieder Blicke zu.

„Was?", seufzte ich.

„Ich mag das Blonde."

„Du mochtest es auch mit Kohle bedeckt."

„Schuldig." Lächelnd blieb er vor meinem Krankenzimmer stehen. „Ich nehme an, du gehst wieder zurück zur Kohle?"

„Auf jeden Fall." Es war, als würde er mich kennen oder so. Nachdem ich meine Haare gefärbt hatte, um besser mit den Schatten zu verschmelzen, brauchte ich nur noch eine weitere tote Männerhand.

„Ich finde dich später." Er ging rückwärts weg, als könnte er den Gedanken nicht ertragen, seine Augen von mir abzuwenden, drehte sich dann aber schließlich um. Seine Schritte waren lang, selbstbewusst und voller Anmut, die ich noch nie zuvor bei jemand anderem als ihm gesehen hatte. Ich mochte es lieber, wenn er seinen Studentenumhang nicht trug, damit ich ihn wirklich sehen konnte – was unheimlich klang, weil es das auch war.

Ich schnaubte über mich selbst, und mein Lächeln blieb halb stecken. Mein Herz hatte scharfe Stacheln bekommen, als Leo starb, also wie konnte es sein, dass die Person, von der ich dachte, sie hätte es getan, die Kanten dieser Stacheln weicher machte und sie ein wenig weniger spitz? Ein wenig weniger unerträglich? Ich wusste es nicht, aber ich begrüßte das Gefühl.

Anstatt in mein Krankenzimmer zurückzukehren, folgte ich ihm in großem Abstand, immer noch in meinem weißen Nachthemd gekleidet. Es bedeckte alles gut genug, und es war mir sowieso egal, da ich wahrscheinlich wie der wandelnde Tod aussah. Als ich in den Haupteingang der Akademie humpelte, drehten sich die Blicke zu mir und blieben dort haften. Magier, die ich nicht kannte, und Schüler in ihren schwarzen Umhängen flüsterten und murmelten meinen Namen. Keiner von ihnen wich jedoch zurück oder spuckte mir ins Gesicht, wie ich es erwartet hatte, weil ich Ryze zurückgebracht hatte.

„Solltest du nicht im Bett sein?", fragte jemand. Ich sah nicht, wer.

„Jup." Aber ich war schon außer Atem, und meine Muskeln drohten zusammenzubrechen. Vielleicht war das keine so gute Idee.

„Sie ist blond?", murmelte jemand anderes.

Mit einem Seufzer ging ich weiter, meine nackten Füße klatschten auf dem Steinboden in Richtung des Versammlungsraums. Die Gerüche darin riefen mich, lockten meinen hohlen Magen mit dem heiligsten aller Düfte – Brot.

Sobald ich drin war, konnte ich sofort erkennen, dass die Wirkung des Magie-Dämpfers verschwunden war, da der ganze Ort dunkel funkelte und Fackeln unter der hohen Decke schwebten. Die Tische waren etwa zur Hälfte gefüllt, und das Geplauder verstummte sofort, als ich hereinkam. Ich schätze, daran würde ich mich gewöhnen müssen. Ich steuerte direkt auf den Tisch der Erstklässler zu, wo dampfende Kessel mit Soße neben Platten mit riesigen, buttrigen Brötchen standen. Mein Magen rebellierte und wollte, dass ich kopfüber hineintauchte. Aber als ich mich hinsetzte und mir der Speichel im Mund zusammenlief, stöhnte ich auf. Ich hatte kein Geld. Seph zahlte immer für mich wie die Heilige, die sie war, und meine Eltern waren nirgends zu sehen. Ich musste diese ganze Geldsituation in Ordnung bringen, aber zuerst musste ich essen. Ich war mir nicht sicher, ob ich es auf meinen wackeligen Beinen hier raus schaffen würde.

Als ich mich trotzdem aufrichtete, da es keinen Sinn hatte, hier zu sitzen und mich selbst zu quälen, befahl eine Stimme: „Bleib sitzen." Eine sanfte Stimme, ohne den üblichen bissigen Unterton.

Ich schaute auf und sah Echo, die sich mir gegenüber hinsetzte, der bestickte Ärmel ihres schwarzen Umhangs blieb fast an einer Gabel hängen. Sie rollte zwei Münzen über den Tisch, die sofort verschwanden, und begann, einen Teller zu füllen.

„Danke." Meine Hand zitterte, als ich nach der Soßenkelle griff und sie dabei beobachtete. Ihr blondes Haar sah ungewaschen aus, ihre blauen Augen wirkten leer und blutunterlaufen, und ihr übliches Stirnrunzeln hatte sich zu einem tiefen Stirnrunzeln vertieft. Früher war sie ganz Muskeln gewesen, aber jetzt sah sie dünner aus und am Boden zerstört.

Als sie ihren Teller hoch gefüllt hatte, sagte sie: „Ich bin dabei. Was auch immer du brauchst."

Ich hielt mit der Soßenkelle inne, und etwas tropfte auf den Tisch statt auf meine Brötchen. „Hä?"

„Du gehst Ryze nach, richtig?"

Um uns herum stockten die Gespräche erneut, und weite Augen richteten sich auf uns.

„Ja", gab ich zu.

Plötzlich schien jeder zuzuhören und zuzusehen. Sogar die Schädel, die von dem Kronleuchter über uns hingen, richteten ihre leeren Augenhöhlen auf uns. Es war so still, dass jede unbeholfene Bewegung, die ich machte, um Frühstück auf meinen Teller zu bekommen, krachte und schepperte.

„Ich tue alles. Wirklich alles. Du willst Informationen über Morrissey, ich habe sie." Sie hakte einen Finger in ihren Mund und zog ihre Lippe zurück, um einen fehlenden Zahn im hinteren Bereich zu zeigen. „Ich habe ihr den falschen Zahn selbst herausgenommen, nachdem ich herausfand, dass sie an Ryzes Rückkehr beteiligt war."

„Was hat dein Zahn ihr erzählt?"

Sie zuckte mit den Schultern. „Lügen. Mein Zahn hat angeblich gesagt, dass etwas mit meinem Kopf nicht stimmt, dass ich mich beim P.P.E. verletzt hätte und dass ich das untersuchen lassen sollte, weil es mich halluzinieren ließ."

„Was hast du halluziniert?"

„Dass sie nach der dunklen Stunde aus unserem Zimmer verschwunden war. Ihr Bett war oft leer."

Weil sie genau wie ich Schattenwandern konnte.

Echo nahm ihre Gabel auf, aber bevor sie einen Bissen nehmen konnte, griff ich über den Tisch und packte ihr Handgelenk.

„*Quarum sacra fero revelare.*" Als sich ihr Essen weder in der Farbe noch in der Form veränderte, ließ ich sie mit einem erleichterten Atemzug los. „Du musst das von jetzt an immer sagen, Echo", flüsterte ich. „Immer. Morrissey ist vielleicht verschwunden, aber wer weiß, wie vielen anderen Magiern man hier nicht trauen kann?"

Sie blinzelte heftig und starrte dann auf ihr Essen, als könnte es sich doch noch anders entscheiden und in etwas Schlechtes verwandeln. „Danke."

Ich sprach den Zauber über meinem Essen und beugte mich dann fast über meinen Teller. Der erste große Bissen war der absolute Himmel. „Hast du deinen Kopf also untersuchen lassen?"

„Auf keinen Fall", schnaubte sie. „Ich habe fünf Brüder, also wenn du rechnest, hatte ich in meinem Leben standardmäßig fünf Gehirnerschütterungen. Ich weiß, wie Kopfprobleme aussehen, und das einzige, das ich in letzter Zeit hatte, war, ihr zu vertrauen. Ich bin aber ihrer Theorie gefolgt, weil sie so klein und leise und... unschuldig war. Ich habe ihr geglaubt und gleichzeitig nicht."

„Ich glaube nicht, dass irgendjemand das hätte kommen sehen können. Sie war eine Freundin... oder tat so, als wäre sie es." Ihr Verrat war immer noch so bitter und scharf, dass er den Bissen, den ich gerade genommen hatte, verdarb. „Wo denkst du, ist sie hingegangen?"

Echo zuckte mit den Schultern. „All ihre Sachen sind aus unserem Zimmer verschwunden, und ich auch. Ich bin in ein leeres Zimmer umgezogen. Wer weiß, ob sie nicht als Schatten zurückkommt und uns allen die Kehle durchschneidet?"

Oder was, wenn sie jetzt hier wäre und sich hinter dem Gestaltwandler und Ryzes anderen geheimen Handlangern versteckte? Wir mussten aus mehreren Gründen herausfinden, wer der Gestaltwandler war, unter anderem, weil er bereits gemordet hatte. Leo und wahrscheinlich auch Vickie.

In diesem Moment schlenderte Jon in den Versammlungsraum, sein Mund leicht geöffnet, seine blauen Augen verstört. Normalerweise sah er gepflegt aus, aber heute war sein Umhang falsch zugeknöpft und sein ordentliches blondes Haar stand in alle Richtungen ab. Mein Magen zog sich zusammen, als ich sah, wie verloren er wirkte, und ich winkte ihn sofort zu mir. Er entdeckte mich, registrierte nur vage Überraschung und schlurfte herüber.

„Jon." Meine Stimme brach, und ich bedeutete ihm, sich auf meine Seite des Tisches zu setzen. Als er sich setzte, warf ich meine Arme um ihn. „Es tut mir leid."

„Es ist nicht deine Schuld", sagte er und tätschelte unbeholfen meinen Kopf.

Aber das war es. Ich hätte Seph in dieser Nacht niemals allein in unserem Zimmer lassen dürfen. Meine Kehle war jedoch zu zugeschnürt, um Jon das zu sagen.

Echo wischte wütend über ihr Gesicht und schob dann ihren Teller so hart weg, dass er gegen einen Kessel knallte. „Was sollen wir tun? Ich kann nicht einfach hier sitzen und nichts tun."

„Ich auch nicht", sagte Jon. „Ich kann helfen."

Stimmt. Eine der vielen Dinge, die ich an ihm mochte.

„Nun, ich brauche eine Totenhand, damit ich in den Schatten nach Morrissey suchen kann", sagte ich und senkte meine Stimme. „Und auch, um mich zu verstecken, wenn ich herumschleiche."

Jon nickte. „Es gibt einen größeren Friedhof in der Nähe des Akademietors. Wir können nachsehen, ob dort Mörder begraben sind."

„Ich hole Schaufeln", sagte Echo, schon halb von ihrem Sitz aufgestanden. „Was noch?"

„Etwas für mein Gedächtnis?" Bei ihren leeren Blicken fuhr ich fort. „Ich muss immer noch herausfinden, wer meinen Bruder getötet hat. Ich habe den Gestaltwandler als Ramsey gesehen, aber wenn es eine Möglichkeit gäbe, meine Erinnerungen zu klären, sein Gesicht wegzuwischen, bestimmte Details dieser Nacht mehr hervortreten zu lassen als andere…"

Jon lehnte sich vom Tisch weg, sein Gesicht krankhaft grün. „Wie der Gedächtnisgranaten-Zauber?"

„Der was?", fragten Echo und ich.

„Der Gedächtnisgranaten-Zauber." Er schluckte. „Er wurde schon einmal durchgeführt… mit nicht so großem Erfolg."

„Wie macht man das?" Der scharfe Ton meiner Stimme ließ ihn zusammenzucken. Ich versuchte, meine Verzweiflung herunterzuschlucken, aber sie blieb in meinem Hals stecken. „Wo hast du davon erfahren?"

Er sah mich an, als sollte ich es bereits wissen. „Im Buch des Grauen Steins."

Ich starrte ihn an, mein Mund klappte auf. „Im was?"

„I-ich habe etwas Osteomantie betrieben, um zu sehen, ob ich Seph irgendwie helfen könnte", sagte er vorsichtig. „Die Knochen führten mich zum Buch des Grauen Steins, einem riesigen Buch mit grauen Magie-Zaubern. Ich dachte, du wüsstest darüber Bescheid, angesichts der… deiner Magiefarbe."

„Nein. Ich kenne weiß. Ich kenne schwarz. Alles dazwischen ist…" Ich. Ich war momentan zumindest ein grauer Magier, was einer der Gründe war, warum ich auserwählt wurde, Ryze zurückzubringen. Weil schwarze und weiße Magie es nicht konnten, zumindest nicht bei ihm. Ich holte tief Luft, schob Ryze aus meinem Kopf und versprach mir selbst einen schönen Nervenzusammenbruch für später. „Wie führt man den Zauber durch?"

„Es erfordert bestimmte Zutaten, von denen einige schwer zu bekommen sind, und kann nur während des ersten Gewitters einer Jahreszeit nach der dunklen Stunde durchgeführt werden. Die gute Nachricht – wahrscheinlich die einzige gute Nachricht – ist, dass die meisten rein grauen Magie-Zauber nicht auf Latein sind, also das ist..." Er gab einen halbherzigen Daumen nach oben.

„Und es wurde schon einmal gemacht?"

„Nicht... nicht gut." Er zuckte zusammen. „Siehst du, einige der Zutaten können giftig sein, und du musst es trinken, damit der Zauber wirkt."

Echo fing meinen Blick auf, ihre Augenbrauen fragend hochgezogen.

Können giftig sein, hatte er gesagt. Nicht definitiv, aber können. Trotzdem, konnte ich den Tod riskieren, um die Wahrheit herauszufinden? Es dauerte nur eine halbe Sekunde, um zu entscheiden, ob es das wert war oder nicht. „Zeig mir den Zauber."

KAPITEL DREI

JON ZEIGTE MIR TATSÄCHLICH den Zauber-
spruch nicht, zumindest nicht sofort, denn als ich aufstand, um ihm aus dem Versammlungsraum zu folgen, fiel
ich wieder auf die Bank zurück.

„Dawn?", sagte Echo und starrte mich von der anderen
Seite des Tisches an. „Geht's dir gut?"

Ich schüttelte frustriert den Kopf. „Ich bestehe aus
Wackelpudding."

„Das klingt... lecker?"

Jon drehte sich um, schon auf halbem Weg zur Tür,
und als er merkte, dass wir ihm nicht folgten, kam er
stirnrunzelnd zu mir zurück. „Was ist los? Musst du dich
hinlegen?"

„Ich lag drei Monate lang", murrte ich.

Er nickte. „Also... ja?"

„Also nein. Wir haben Sachen zu erledigen. Wir haben keine Zeit darauf zu warten, bis ich wieder zu Kräften komme."

„Okay. Ich hab 'ne Idee." Er hob einen Finger. „Bleib hier."

Ich sackte auf meinem Sitz zusammen und knurrte. Das war schlimmer als sich hilflos zu fühlen, und das hasste ich schon leidenschaftlich.

„Hey." Echo stützte ihren Ellbogen auf den Tisch und zeigte mit dem Finger auf mich. „Du wurdest von einem Professor erstochen. Von einem komischen grünen Wurmding angegriffen. Gezwungen, die dunkelste Magie überhaupt auszuführen. Hast den Magie-Dämpfer gefunden. Bist gerade aus der Magier-Ohnmacht aufgewacht. Gib dir 'ne Pause. Du musst nicht laufen können, um ein Superhirn zu sein."

Meine Lippen zuckten. „Superhirn?"

„Du kriegst Dinge gebacken. Du kannst einen Wackelpuddingkörper haben und trotzdem Scheiße erledigen." Sie schlug mit der Faust auf den Tisch, sodass alles hüpfte und klapperte, und stand dann auf. „Ich hol Schaufeln."

Aber... Superhirn? Und was genau hatte ich getan? Ich war bei allem gescheitert, was ich mir vorgenommen hatte – Ramsey töten, Seph beschützen. Echo hatte allerdings recht. Das Einzige, was perfekt funktionierte, war mein Antrieb, Ryze aufzuhalten und herauszufinden, wer Leo getötet hatte. Vielleicht funktionierte auch mein Gehirn, aber das stand zur Debatte.

Während ich auf Jon und Echo wartete, aß ich alles auf meinem Teller auf. Neugierige Blicke wanderten immer wieder zu mir herüber, aber niemand belästigte mich oder beschuldigte mich, Amaria zerstört zu haben. Ein Segen, wirklich. Ich konnte meine eigenen Schuldgefühle kaum ertragen.

Ein lauter Knall kam vom Professorentisch am Kopfende des Raums. Eine Sekunde später bildete sich eine riesige Blase auf einem der Kessel. Sie platzte ebenfalls, noch lauter, und schleuderte Soße weit und breit. Mehrere Professoren rückten mit ihren Stühlen zurück, ihre Augen quollen hervor, einige mit Soßenklecksen an sich klebend. Immer mehr Blasen blubberten auf und explodierten, schneller und schneller.

„*Impetro rid*!", rief ein Professor mit Schnurrbart dem Kessel zu.

Anstatt den Zauber zu stoppen, schmolz der ganze Kessel, und die immer noch blubbernde Soße fraß sich wie Säure durch den Holztisch. Die Professoren und einige Schüler hasteten davon. Ich allerdings nicht, da ich es ja nicht konnte.

Mama hatte erwähnt, dass die Magie seit Ryzes Rückkehr verrückt gespielt hatte. Ich schätze, sie hatte recht. Vielleicht erstmal keine Soße mehr für mich, zumindest für eine Weile.

Jon kam dann mit einem klapprig aussehenden Rollstuhl herein, auf den ich mich widerwillig einließ. Ich würde nicht für immer ein Krüppel sein. Mit etwas Brot, das das Loch in meiner Seele füllte, fühlte ich mich schon ein bisschen mehr wie ich selbst.

„Ich hab auch das Buch des Grauen Steins mitgebracht und ein Buch aus der Bibliothek, das sowas wie ein Who's Who der Toten hier ist", sagte er, als er näherkam und nur einen flüchtigen Blick auf den geschmolzenen Tisch vorne im Raum warf. „Anschnallen."

Der Stuhl hatte eine Art Sicherheitsgurt sowie dicke Arm- und Beingurte, die vermutlich dazu da waren, einen lange festzuhalten. Ich begnügte mich mit dem Sicherheitsgurt und legte das riesige Buch sowie das kleinere auf meinen Schoß, und Jon war so nett, mich mit einer Decke zuzudecken. Ein echter Helfer. Der hier ging aufs Ganze.

Echo kam mit zwei Schaufeln zurück, und mit Jon, der mich schob, machten wir uns auf den Weg zu den Türen des Versammlungsraums.

„Dawn!", rief eine Stimme von der anderen Seite des Eingangsbereichs. Schulleiterin Millington schwebte auf uns zu, ihr langes rotes Kleid verhüllte ihre Füße. Ein Haufen brauner Haare thronte auf ihrem Kopf, und sie lächelte mit ihren nicht vorhandenen Lippen.

Echo versteckte die Schaufeln hinter ihrem Rücken, als sie näher kam.

„Ich hörte, du bist wach, also bin ich zu deinem Zimmer geeilt, aber du warst nicht da." Sie blickte auf den Stuhl hinab und runzelte die Stirn. „Geht ihr... irgendwohin?"

„Nur nach draußen an die frische Luft", sagte ich gelassen.

„Du bist gerade erst aus der Magier-Ohnmacht aufgewacht", sagte sie mit ungläubiger Stimme. „Du brauchst Ruhe."

„Wir werden die ganze Zeit bei ihr sein", meldete sich Jon hinter meinem Stuhl zu Wort. „Wir werden nicht zulassen, dass ihr etwas passiert."

„Versprochen." Die Schaufeln klirrten leicht hinter Echos Rücken.

„Also, geh es langsam an und bleib auf den Hauptwegen", sagte die Schulleiterin. „Wenn du dich bereit fühlst, komm in mein Büro, und wir werden reden. Der Unterricht hat im Januar wieder begonnen, also werde ich dir meinen Plan zeigen, wie wir dich für das Jahr auf den neuesten Stand bringen, okay?"

Es war jetzt was, März? Ich hatte so viel verpasst, ich würde wahrscheinlich immer noch aufholen, wenn ich tot wäre. „Sicher."

„Ich bin wirklich froh, dass es dir gut geht, Dawn. Ich wünschte, wir hätten jetzt mehr Zeit zum Reden." Mit einem Stirnrunzeln blickte sie zum Versammlungsraum. „Aber ich sollte besser nach dieser Soßen-Situation sehen."

Sie eilte hinein.

Echo beugte sich herunter, um zu flüstern: „Ich würde nicht in ihr Büro gehen. Es ist eine Falle."

„Hä?"

„Du hast etwa fünfzig Forschungsarbeiten verpasst", sagte Jon. „Und das war nur in Sterben und Wiederaufleben."

„Ja, es gibt keine Möglichkeit, dass ich das aufhole." Ich rieb meine Hand über das unter der Decke versteckte Buch des Grauen Steins. „Ich habe sowieso gerade zu viele andere Prioritäten."

Wir machten uns wieder auf den Weg zu den Türen, und unterwegs sah ich meine Eltern, die sich in der Ecke rechts von mir mit einer Gruppe von Magiern unterhielten. Dad schaute zweimal hin, als er mich sah, runzelte die Stirn und drehte dann meine Mutter so, dass sie nicht sehen konnte, wie ich flüchtete.

Ich warf ihm einen Kuss zu, den er natürlich auffing. Götter, ich hatte sie vermisst.

Jon öffnete die unverschlossene Vordertür der Schule, und gleißendes Sonnenlicht erhellte das Innere meines Schädels.

„Oh", stöhnte ich und hob meine Hände, um alles auszublenden. „Schrecklicher Unsinn. Macht, dass es aufhört."

Echo kicherte, als sie die Tür schloss und dann an uns vorbeiglitt. „Es ist Wahnsinn, nicht wahr? Diese ganze Tageslicht-Sache? Nekromanten gewöhnen sich nie daran."

„Es liegt an den fehlenden Fenstern in der Schule, weißt du", sagte Jon und schob mich in Richtung der steilen Treppe. „Es nährt die Dunkelheit, die für schwarze Magie nötig ist, sowie die seltsamen Gebäudewinkel, die dich fühlen lassen, als wäre dein Gehirn auf den Kopf gestellt worden."

„Treffende Beschreibung." Während ich durch meine Finger spähte, zeigte ich auf die Treppe, auf die Jon mich zusteuerte, wobei sich mein Magen zusammenzog. Ich hatte mich offensichtlich nicht genug festgeschnallt, wenn er mich da runterwerfen wollte. „Ähm, Jon?"

Ohne zu zögern, drehte sich Echo vor uns um und hob den gesamten vorderen Teil des Rollstuhls an einer

Holzstange zwischen meinen Füßen an. Jon rollte mich langsam hinunter, wobei nur die Hinterräder den Boden berührten.

Erleichterung lockerte meine Atmung. „Danke, dass ihr mich nicht umgebracht habt."

„Keine Ursache", sagte er.

Ich lächelte trotz der Verlegenheitsröte auf meinen Wangen. Ich muss zugeben, es war schön, Hilfe zu haben und so herumgekarrt zu werden, obwohl es natürlich nur vorübergehend sein würde. Ich würde sehr bald wieder auf den Beinen sein.

Am Fuß der Treppe setzte Echo mich wieder ab, und wir machten uns auf den Weg zum Haupttor. Jetzt, da ich wieder einigermaßen sehen konnte, hatte der Frühling auf Eerie Island begonnen. Die Bäume waren noch kahl, aber statt in einen bewölkten Himmel zu stechen, erstreckte sich in alle Richtungen strahlendes Blau. Die Wärme der Sonne berührte meine Haut und drang bis in meine Knochen vor. Im Dezember hatten Ramsey und ich diesen Weg als Strafe vom Schnee befreit, obwohl... es sich mit ihm nie wirklich wie eine Strafe angefühlt hatte.

Ich sollte ihm auch eine Totenhand geben. Warum nicht. Er wäre begeistert. Er könnte sie benutzen, um den Stab von Sullivan zu finden, der angeblich in den Schatten der Katakomben versteckt war.

Ich biss mir auf die Lippe, als ich merkte, dass sich mein Lächeln ausbreitete, und räusperte mich dann. „Auf welcher Seite ist der Erinnerungsgranaten-Zauber?"

„Siebenhundertachtundzwanzig, glaube ich. Es ist markiert."

Ich zog das Buch unter meiner Decke hervor und öffnete es auf meinem Schoß auf der richtigen Seite. Neben dem Erinnerungsgranaten-Zauber stand eine Liste von Zutaten:

„„Frisches Blut, das seitwärts fließt. Drei Wimpern von einem dreiäugigen Stinktier. Zermahlene Blütenblätter der Lilywort-Blume'", las ich. „Scheint einfach genug."

Echo hüpfte den Weg voraus. „Nö."

„Dreiäugige Stinktiere sind auf Eerie Island ziemlich selten. Lilyworts blühen nur nach einer Blutopferung und während eines Regensturms in der dunklen Stunde, und wenn du ihnen zu nahe kommst, beißen sie", sagte Jon. „Das haben wir in Untote Botanik auf die harte Tour gelernt."

„Erinnerst du dich an Giselle, eine Erstklässlerin?", fragte Echo und drehte sich um. „Kurze Haare, Sommersprossen, konnte nicht reden, ohne ihre Hände zu benutzen?"

„Nein...", gab ich zu.

„Ein Lilywort hat ihr den Finger glatt abgebissen, als sie ihm ein Blutopfer brachte", sagte Jon. „Der Rest ihrer Hand war so verstümmelt, dass sie zu einem speziellen Heiler musste."

„Blut überall." Echo zuckte mit den Schultern und drehte sich wieder um. „Jetzt redet sie nicht mehr mit den Händen."

„Außerdem sind Lilyworts giftig", fügte Jon hinzu.

Hm. Nun, ich begann, diesen Plan immer weniger zu mögen.

Wir bogen links vom Weg ab und in den dichten Wald hinein, wobei die toten Bäume das Licht verschluckten. Es wurde zu holprig und dunkel, um weiter über den Zauberspruch zu lesen, also schloss ich das Buch.

„Tut mir leid, tut mir leid." Jon manövrierte mich über den unebenen Boden voller Knochen und knorriger Baumwurzeln, die wie riesige Schlangen in und aus dem Boden schlängelten. „Es gibt einen anderen, glatteren Weg weiter vorne."

Wir schlängelten uns durch die Bäume und kamen dann auf einen anderen Weg, der mitten im Wald begann. Ein Holzpfahl am Rand trug die Aufschrift Vorsicht.

Ich zeigte darauf, als Jon mich ohne langsamer zu werden daran vorbeischob. „Wofür?"

„Du kannst es ignorieren", rief Echo von vorne zurück.

An der nächsten Biegung erschien ein weiteres Schild mit der Aufschrift Umkehren.

Ich war noch nie diesen Weg gegangen. Wusste nicht einmal, dass es diesen Weg gab. Viel zu spät – ich hätte mich selbst in den Hintern treten sollen – brach Panik in meinem Bauch aus und erstickte meine Stimme, als ich versuchte zu rufen: „Halt!" Also versuchte ich es noch einmal viel lauter. „*Halt!*"

Jon hielt an und eilte an meine Seite. „Was? Habe ich dir wehgetan?"

Vor uns verlangsamte Echo und drehte sich stirnrunzelnd um.

„Wohin bringst du mich?", fragte ich und umklammerte die Armlehnen meines Rollstuhls so fest, dass das Holz knarrte. „Was sollen all diese Schilder?"

„Das sind nur Warnungen für das, was vor uns liegt", sagte sie und winkte in die Richtung. „Sie sind bedeutungslos."

„Sag mir, was vor uns liegt", verlangte ich.

„Stille." Sie sagte es sachlich mit einem beiläufigen Achselzucken, nicht wie einen Befehl, sondern als wäre das tatsächlich ein Ort.

„So heißt der Teich", sagte Jon. „Du wirst schon sehen ... Wir waren dort, als wir in Wahrsagen über das Wünschelrutengehen gelernt haben."

Da war etwas, das er mir nicht sagte. In meinem geschwächten Zustand hatte ich zu leichtgläubig vertraut. Ihnen beiden vertraut. Götter, ich war so dumm. Einer von ihnen könnte der Gestaltwandler sein, und der andere könnte heimlich für Ryze arbeiten. Ihre Trauer und Hilfsbereitschaft könnten eine komplette Täuschung sein. Und ich hatte mich an einen Stuhl geschnallt und ihnen praktisch gesagt: „Lasst uns in die Mitte des Waldes gehen, damit ihr mich umbringen könnt!" Ich hatte nicht einmal meinen Dolch oder anständige Kleidung zum Sterben dabei.

Ich ließ meinen Blick zwischen den beiden hin und her wandern, meine Wangen glühten vor Wut – auf mich selbst und auf sie, falls sie nicht die waren, für die sie sich ausgaben. „Jon, sag mir, was du Seph zu eurem Date mitgebracht hast, an dem Tag, als wir uns in der Bibliothek getroffen haben, um Osteomantie zu betreiben."

Er zuckte zusammen und wich zurück, als hätte ihn diese Erinnerung physisch getroffen. „Eine gelbe Margerite und Pralinen. Warum?"

Er war nicht der Gestaltwandler. Zumindest nicht in diesem Moment.

Ich wandte mich Echo zu. „Ich habe dich dazu gebracht, mich zu hassen. Was habe ich getan?"

Sie verdrehte die Augen bis zu den Baumwipfeln. „Ich bin nicht der Gestaltwand-"

„Dann beantworte die Frage", forderte ich.

Sie stieß einen langen Seufzer aus, der einige der in ihr Gesicht gefallenen Haare aufwirbelte. „Offensichtlich die Séance, als ich dir gesagt habe, du sollst aufhören, und du es nicht getan hast, und außerdem ..."

Oh. Ich hatte nicht realisiert, dass es da noch ein „und außerdem" gab.

Sie presste die Lippen zusammen und trat gegen einen herumliegenden toten Ast auf dem Weg. „Eine Zeit lang dachte ich, Craig mag dich. Er hat dich immer angeschaut. Immer mit den anderen Diabolicals über dich geredet. Das war, bevor ich wusste, dass Ramsey so verknallt in dich ist. Es war vor vielen Dingen ..."

Ich hatte eine denkwürdige Begegnung mit Craig gehabt. Nur eine, als er Seph und mich auf der Treppe zu unserem Flur überrascht hatte. Zwei, wenn man einen nickenden Austausch in P.P.E. mitzählte. Kaum der Stoff, aus dem Romanzen gemacht werden, aber okay.

Echo hielt ihre Hände aus, mit einem genervten Grinsen im Gesicht. „Habe ich deinen Test bestanden?"

„Ja. Es tut mir leid wegen Craig."

Sie wandte sich wieder nach vorne, aber nicht bevor ich einen Anflug von Schmerz sah. „Mir auch."

Jon seufzte, als er zu mir herunterblickte. „Weitergehen oder ...?"

„Ja", seufzte ich.

Er schob uns den Weg weiter hinauf, ein wenig schneller, da Echo nicht auf uns wartete und wohl schon vorausgegangen war. Ich hatte sie verärgert. Ich hatte sie beide verärgert, aber mein Vertrauen war unwiderruflich erschüttert, besonders nach Morrissey. Wenn ich nicht einmal meinen Freunden vertrauen konnte, wem konnte ich dann vertrauen?

„Ich weiß nicht mal, ob ich den Gestaltwandler überhaupt gesehen habe", gab Jon zu. „Würde ich es merken? Nicht böse gemeint, aber was, wenn du der Gestaltwandler bist?"

„Nicht böse aufgefasst. Die Raben scheinen zu wissen, wer echt ist, obwohl das nur eine Theorie ist. Abgesehen davon, wenn man jemanden wirklich kennt – seine Eigenheiten und die Dinge, die ihn aufregen und beruhigen – kann man es erkennen. Ich wusste immer, wenn ich mit der echten Seph sprach, und ich konnte erkennen, wenn ich eine falsche vor mir hatte. Seph steht nie still. Ich glaube nicht, dass sie es kann." Was der Grund war, warum ihr jetziger Zustand so unnatürlich war.

Jon blieb still, und ich konnte es ihm nicht verübeln. Über Seph zu sprechen, höhlte meine Brust mit

schmerzhaften Stacheln aus, und es fühlte sich zu ähnlich
an, wie über Leo zu sprechen. Nur war Seph nicht tot. Ich
musste hoffen, dass es ihr gut gehen würde. Ich musste es,
sonst würde ich in zu viele Teile zerbrechen, um je wieder
zusammengesetzt werden zu können.

An einer Biegung des Weges stand auf dem Schild „Letzte Chance", und dahinter stand Echo mit dem Finger an
den Lippen. Der Anblick dahinter ließ mir das Blut in
den Adern gefrieren. Ein Teich breitete sich wie Glasflügel
zu beiden Seiten einer niedrigen Fußgängerbrücke aus.
Das Wasser spiegelte den blauen Himmel und die toten
Bäume, ohne dass sich eine einzige Welle über die Oberfläche bewegte. Aber es war das, was aus dem Wasser ragte,
von dem ich meinen Blick nicht abwenden konnte. Hände
und Arme bis zum Ellbogen ragten in allen Winkeln heraus und griffen nach den Rändern der langen Fußgängerbrücke. Hunderte von ihnen glänzten nass, das Fleisch so
lebendig wie meines und in verschiedenen Farben.

Ich blinzelte heftig und verstand überhaupt nicht, was
ich da sah oder warum dieser Teich Stille genannt wurde.

Jon hielt meinen Stuhl an, bevor wir das „Letzte
Chance"-Schild passierten, und beugte sich herunter, um
zu flüstern: „Das sind keine guten Hände, Dawn. Du
willst sie nicht. Vertrau mir. Wenn wir die Brücke über-
queren, mach keinen Laut und greif nicht danach."

Ich nickte ruckartig, meine Nerven waren zu angespannt, um viel mehr zu tun.

„Außerdem wachsen am Fuß dieser Brücke ein paar Lilienblumen. Wenn es regnet, müssen wir nochmal hierher kommen, um eine zu holen, falls du immer noch einen Erinnerungsgranten-Zauber machen willst."

Tatsächlich waren da ein paar tote Blumen direkt am Rand des Teichs, ihre Blütenblätter vertrocknet und schwarz und ihre Stängel hängend.

Als ich wieder nickte, rollte er mich am Schild vorbei, und sofort begriff ich die wahre Bedeutung von Stille. Nicht einmal ein Windhauch flüsterte über uns. Es war, als wären wir in eine Tasche der Magie eingetreten, wo Außengeräusche nicht eindringen konnten. Nur das Blut, das in meinen Ohren pochte, und die Räder, die sich langsam über den Schmutz drehten, existierten hier.

Langsam drehte sich Echo von uns weg und setzte ihren Fuß auf die Brücke. Sie knarrte unter ihrem Gewicht, und die Hände und Arme zuckten sofort. So schnell, dass ich es fast übersehen hätte. Es war, als würden sie lauschen. Sie machte einen weiteren langsamen, knarrenden Schritt, und sie zuckten wieder, diesmal griffen ihre Finger über die Ränder der Brücke. Ich keuchte und zuckte zusammen, presste dann aber meine Lippen fest zusammen. Dann rannte sie über die Brücke, ihre Füße hämmerten auf die

Bretter, und die Hände schnappten mit ihren ruckartigen, seltsamen Bewegungen nach ihrem Umhang. Sie verfehlten sie, aber was würde passieren, wenn sie es nicht täten?

Ich schauderte, als Jon mich näher an die Brücke heranrollte. Die Arme und Hände zuckten auf uns zu und ließen mich erneut zusammenzucken. Wasser tropfte von den Fingern, aber es machte kein einziges Plätschern und keine Welle, als es in den Teich zurückfiel. Es war beunruhigend, besonders weil sie so lebendig aussahen und sicher an ... etwas befestigt waren.

Jon raste mit mir über die Brücke. Der Rollstuhl quietschte bei der Geschwindigkeit, und die Brücke knarrte unter uns. Mein Magen kletterte in meinen Hals, als die Hände nach uns schnappten. Eine packte die Ecke meiner Decke und riss sie mir so heftig vom Schoß, dass sie in der Luft knallte. Dann tauchte sie ohne ein Kräuseln ins Wasser und verschwand. Ich konnte mir nur vorstellen, wenn ich statt der Decke gewesen wäre. Ein langer Schauer lief mir über den Rücken.

Jon erreichte die andere Seite und hielt nicht an, bis wir den niedrigen, eisenumzäunten Friedhof mittlerer Größe erreichten. Eine Brise bewegte die Äste in den Bäumen, die über uns aufragten. Die Blase der Stille war verschwunden.

„Dawn, das ist Quiet", sagte Jon, schwer atmend.

„Was war das?", zischte ich.

Echo reichte Jon eine Schaufel. „Irgendein Magier ist am Grund des Teiches begraben. Es heißt, er habe versucht, sich taub zu machen, weil ihn Geräusche störten."

„Aber... warum? Was ist falsch an Geräuschen?"

Jon schob mich näher an den Friedhof heran. „Nichts, wenn man bei Verstand ist."

„Es sei denn, du hörst Tag für Tag die Stimme von jemandem, den du liebst, und sie erwidern deine Gefühle nicht. Er war angeblich in Marjorie Effman verliebt, eine ehemalige Professorin hier." Echo kletterte mit ihrer Schaufel über den Zaun. „Die Gefühle wurden nicht erwidert."

Marjorie Effman, die dunkle, dunkle Magierin, die auf dem kleinen Friedhof unter einem Käfig begraben worden war. Morrisseys Verwandte mit den Initialen ME.

Ich blickte zurück zum Teich und stutzte. „Sieht... sieht das Wasser für euch rot aus?"

„Ja." Jon schluckte. „Ich habe festgestellt, dass es besser ist, nicht darüber nachzudenken, warum."

Echo wanderte zwischen den Gräbern umher und betrachtete die Namen auf den verwitterten Grabsteinen genauer. „Schüler sind manchmal nicht besonders klug. Einige haben versucht, ihre Freunde zu beeindrucken, indem sie laute Geräusche machten, und das ist nicht gut für sie ausgegangen."

„Ich habe versucht, nicht darüber nachzudenken, also danke." Jon begann mit einem Seufzer über den Zaun zu klettern.

„Sind sie gestorben?", fragte ich.

„Angeblich wird es hässlich, wenn man zu viel Lärm macht." Echo strich sich die Haare aus dem Gesicht. „Ich hab's nie gemacht. Und ich hab's auch nicht vor."

Ein langsamer Schauer lief mir über den Rücken. „Klingt wie eine absichtliche Todesfalle."

Sie blieb vor einem Grabstein stehen, auf dem zwei Totenköpfe zu sehen waren, die scheinbar hineinbissen. „Oh, davon gibt es jede Menge an dieser Akademie."

„Schön. Dann bin ich also völlig ahnungslos herumspaziert."

„Ist das nicht die Definition des Lebens?" Jon wandte mir ein Lächeln zu und folgte dann Echo. „Nie zu wissen, wann man fallen wird."

„Oder für wen", fügte Echo hinzu, ihre Schultern sanken etwas.

„Stimmt wohl", sagte ich.

Echo holte tief Luft und ließ sie langsam wieder entweichen. „Genug mit den tiefsinnigen Gedanken. Lasst uns jemanden ausgraben."

Nach einigem Abgleichen in Jons Buch mit den Namen auf den Grabsteinen fanden wir einen Mörder. Peter Blackwell, der schwarze Schaf-Sohn eines alten Schulleiters, der seine ganze Familie getötet hatte.

Echo pfiff leise, nachdem ich diesen Teil laut vorgelesen hatte. „Ist das düster genug für dich?"

Ich zuckte mit den Schultern, als wäre es keine große Sache. „Der wird's tun."

Sie schnaubte und schüttelte den Kopf, als sie die Spitze ihrer Schaufel in die Erde rammte. „Ich mag deinen Stil, Dawn."

„Wirklich?" Ich lächelte auf mein Krankenhaushemd hinunter. „Ich dachte, es wäre selbst ein bisschen abgetragen."

„Das meine ich überhaupt nicht", sagte sie mit einem Kichern.

Es fühlte sich gut an, zu lachen und Witze zu machen, wach und lebendig zu sein. Abgesehen davon, dass wir einen Mörder ausgruben, um ihm die Hände abzuhacken, war das genau das, was normale Menschen taten. Es war genau das, was ich brauchte, nur ein kleines bisschen Normalität, bevor ich erneut Krieg gegen meine Feinde führte.

Mit Hilfe von Jons Magie und Echos Kraft mit der Schaufel hatte ich in Windeseile zwei knöcherne Hände auf meinem Schoß. Die, die ich vorher hatte, war noch mit Fleisch bedeckt gewesen, aber eine Skeletthand würde genauso gut funktionieren.

Bevor wir uns auf den Rückweg machten, ertönte hinter uns ein Platschen, als ob ein Stein die Oberfläche des Teichs durchbrochen hätte. Aber... das schien nicht die Art zu sein, wie Quiet funktionierte. Wir drei starrten einander an und drehten uns dann langsam um, um zwischen den Baumzweigen hindurchzuschauen.

Quiet war verschwunden. Das Wasser jedenfalls, aber das Loch, wo es gewesen war, war noch da, fast bis zum Bodenniveau gefüllt mit Schädeln und Knochen.

„Ähm", begann ich, „passiert das öfter?"

„Nein." Jon schluckte. „Nie."

Von der anderen Seite des leeren Teichs raste etwas Unsichtbares auf uns zu, brach Äste und Wurzeln. Etwas so Großes, dass die Baumwipfel zitterten.

Echo nahm Jons Schaufel und sprang über das Tor. „Gut. Wir sind hier fertig."

„Was ist das?", quiekte ich, Panik kroch meine Kehle hoch.

„Lass uns das nicht herausfinden." Jon wirbelte herum zur Rückseite meines Rollstuhls und stürmte auf einen neuen Pfad zu.

„Ich weiß nicht, wohin der führt", zischte Echo über ihre Schulter, während sie voraus trabte. „Wir müssen den Weg zurückgehen, den wir gekommen sind."

Das Krachen wurde lauter, kam näher. Wir würden nicht den Weg zurückgehen, den wir gekommen waren.

Ich drehte mich um, um an Jon vorbei hinter uns zu sehen. Durch die Lücken in den Bäumen raste eine riesige Gestalt auf das zu, was vom Teich übrig war. Es dauerte einige Sekunden, bis ich erkannte, dass ich auf eine Frau starrte, nackt und alt, mit riesigen Geweihen, die aus ihrem Kopf sprossen. Was machte sie hier? Sie kauerte sich auf einen Haufen Knochen im leeren Teich und öffnete ihren Mund, und ihr Kiefer klappte aus, um sich noch weiter zu öffnen. Ein entsetztes Krächzen blieb mir im Hals stecken, und die roten Augen der Frau schnellten hoch, um meinen Blick zu treffen. Aus ihrem weit geöffneten Mund kam ein Heulen, das über jeden meiner Nerven galoppierte und sie zermalmte.

Dann sprang sie auf uns zu.

„Schneller." Ich wirbelte wieder herum und klammerte mich an die Armlehnen des Stuhls. Kalter Schweiß perlte auf meiner Haut. Heftige Zitterschauer liefen meinen Rücken auf und ab. „Jon, *schneller!*"

Die Räder protestierten lautstark, als er Echo den Pfad hinauf hinterherjagte, der kaum als solcher zu erken-

nen war. Der Rollstuhl holperte, sprang und schwankte, drohte mich zu Boden zu werfen, damit die Frau
mich schnappen konnte. Ich umklammerte die Hände auf
meinem Schoß fest, um sie nicht zu verlieren, und hielt
mich auch am Stuhl fest.

Jon stöhnte. „Schau nicht zurück."

Das musste ich gar nicht. Sie stampfte hinter uns her,
ihre Schritte ließen den Boden erzittern.

Vor uns hingen tote Äste bis zum Boden, wo sich
die Wurzeln aufwölbten und eine Wand bildeten. Echo
brach trotzdem hindurch und – oh Scheiße! – Jon folgte.
Mein Rollstuhl riss sich durch und ließ einen Holzregen
auf meinen Kopf niederprasseln. Wir platzten auf den
Hauptweg, der zur Akademie führte, irgendwie von der
anderen Seite, als wir uns hingewagt hatten. Wie hatten
wir das geschafft?

Jon und Echo legten an Geschwindigkeit zu in Richtung der Eingangstüren. Ein weiteres ohrenbetäubendes
Heulen durchschnitt die Luft hinter uns. Ramsey stand
oben auf den Stufen, sein wuscheliges dunkles Haar wehte
auf seinem Kopf.

Die Welt wackelte und kippte dann. Ein Rad musste auf
einem losen Stein auf dem Weg hängengeblieben sein oder
so, und der Boden kam der Seite meines Rollstuhls entgegen, und dann meiner Kopfseite. Der Sicherheitsgurt

verhinderte, dass ich mich ausbreitete, aber die Hände des toten Mannes tanzten von meinem Schoß und klickten über den Boden, bevor sie rollend zum Stillstand kamen.

„Dawn!", rief Ramsey, als er aus den Eingangstüren stürmte und die Stufen hinunterlief, um uns zu treffen.

Jon kniete neben mir, verzog das Gesicht und streckte seine Arme nach mir aus. „Geht es dir gut?"

„Bestens", stöhnte ich.

Echo schloss hinter mir auf, ihr Blick auf den Wald gerichtet, ihre Haltung beschützend. Aber nichts kam. Die Frau war verschwunden.

Ramsey kniete auf meiner anderen Seite und berührte sanft meinen Ellbogen. Er suchte mich von Kopf bis Fuß nach Verletzungen ab, seine Augenbrauen in einem tiefen V zusammengezogen. „Was ist passiert?"

„Wir wurden verfolgt", sagte Echo zwischen Atemzügen.

„Und Quiet ... ist weg", fügte Jon hinzu.

„Was machst du hier draußen, Dawn?", fragte Ramsey, Besorgnis strahlte von ihm aus.

Blut tropfte von meinem Kinn, und jeder Teil von mir schmerzte. Kein Vortäuschen mehr, dass ich mich nach der Magier-Vergessenheit schnell erholen könnte. Oder nackte Frauen ausstechen könnte, die wahrschein-

lich meinen ganzen Schädel mit einem Schnappen verschlingen könnten.

Ich zeigte auf die skelettartigen Finger ein paar Meter
entfernt, da das die einzige Bewegung war, zu der ich fähig
war. „Dachte, ich geb dir mal 'ne helfende Hand."

Kapitel vier

JEMAND SCHRIE.

Zwei Tage später, früh an einem Montagmorgen, stieß ich die Tür zum Flügel der Erstsemester-Mädchen auf, endlich aus meinem Krankenzimmer entlassen und auf eigenen Beinen. Mein Herz schlug mir bis zum Hals bei diesem schrecklichen Geräusch. Wer war das? Und warum tat niemand etwas dagegen? Ein paar Mädchen schlenderten vom Badezimmer am Ende des Flurs auf mich zu, ohne mit der Wimper zu zucken. Hörten sie das etwa nicht? Es war so laut und qualvoll.

Eine Erstklässlerin – Bernie, glaube ich – winkte unbeholfen, als sie an mir vorbeiging. „Hey, Dawn. Schön, dass du noch bei uns bist."

„Ja, das finde ich auch, aber..."

Sie war schon zur Tür hinaus, bevor ich fragen konnte.

Das Schreien hörte nicht auf, und es zerriss mir die Seele, so kummervoll war es. Ich stürmte den Flur hinunter und bemerkte, dass es lauter wurde, je näher ich meinem Zimmer kam. Oh Götter. Es konnte doch nicht sein...

Ich öffnete die Tür. Dort, mitten im Zimmer, saß Nebbles the Undertaker und heulte sich die Seele aus dem Leib. Nicht schreiend. Nur trauernd um den Verlust ihrer Prinzessin Sepharalotta. Seit drei langen Monaten.

Ein scharfer Schmerz durchbohrte meine Brust und raubte mir den Atem. Ich stolperte auf sie zu, und sie wirbelte ihren pelzigen grauen Kopf herum, um mich mit ihrem einen orangefarbenen Auge anzustarren. Ihr Hass auf mich schien ihre Trauer zu überwiegen, denn sie fauchte.

„Es tut mir leid", flüsterte ich. „Es tut mir so leid."

Mein Blick fiel auf Sephs Bett, das vollständig abgezogen war, als würde man nicht erwarten, dass sie zurückkehrt. Ihre Bänder hatten sich von dem Zirkuszelt-Design über ihrem Bett gelöst, waren nicht mehr so farbenfroh wie einst und fransten an den Enden aus. Genau wie ich.

Ein Schluchzen entriss sich meiner Kehle, und ich schlug beide Hände vor den Mund. Wenn ich das nicht getan hätte, wäre ich auf dem Boden in zu viele Stücke zerbrochen. Ich hatte Seph im Stich gelassen. Ich hatte sie in dieser Nacht ganz allein in diesem Zimmer zurückgelassen, und vielleicht würde sie nie zurückkommen. Auch wenn sie den Onyx besaß, besaß der Onyx sie mehr, und ich konnte nichts dagegen tun. Niemand konnte etwas tun. Seph und all diese Toten... Ryzes Rückkehr... Das alles ging auf meine Kappe. Selbst Nebbles wusste das.

Mein Körper wurde von weiteren Schluchzern geschüttelt, bis meine Beine nachgaben und ich auf den Boden sank.

Schritte donnerten vor der offenen Tür. „Hey, ich wollte vorbeikommen und sehen, ob du– Oh."

Es war Echo. Ich war zu zerstört, um mich darum zu kümmern, dass sie mich so sah. Ich war sowieso nicht die Meister-Strategin, die sie in mir sehen wollte. Ich brachte überall, wo ich hinging, nur Tod und Verwüstung mit.

„Dawn", sagte sie sanft. „Wir haben ihr immer wieder Spielzeug und Mäuse gegeben, aber..." Sie kam hinter mich, kniete sich hin und streichelte meinen Rücken, wie Seph es immer tat, wenn ich aufgebracht war. „Es wird alles gut werden."

Ich war mir da nicht so sicher. Meine Tränen schienen zuzustimmen, denn sie flossen weiter und wollten nicht aufhören. Wir blieben wer weiß wie lange dort, während Echo mir die Haare aus dem nassen Gesicht strich. Nebbles betrachtete uns beide kühl, den Kopf nach rechts geneigt. Ich tat mir so leid für sie, und ich fragte mich, ob ein Besuch bei Seph gut wäre oder sie nur verwirren würde, da sie ja nicht auf Sephs Gesicht schlafen konnte, wegen des Schwebens.

„Es tut mir leid", sagte ich, sobald ich die Worte herausbringen konnte. Ich hatte das Gefühl, dass ich das noch oft zu allen sagen würde, die ich im Stich gelassen hatte.

ECHO UND ICH WAREN BEREITS zu spät für Tod, Sterben und Wiederaufleben, also steckten wir uns Frühstück aus dem Versammlungsraum in die Taschen, sprachen den Lebensmittelsicherheitszauber und stopften es uns auf dem Weg zum Klassenzimmer in den Mund. Na ja, ich stopfte es mir rein. Ich war ausgehungert.

Als könnte sie unsere Verspätung riechen, öffnete Schulleiterin Millington die Tür zu ihrem Büro, als wir gerade vorbeigehen wollten.

„Oh, da bist du ja, Dawn", sagte sie. „Könnte ich dich kurz sprechen?"

„Klar." Ich nickte Echo zu, damit sie ohne mich zum Unterricht ging. Wenn ich in Schwierigkeiten war, verdiente ich eine lange Standpauke und mehr, vielleicht sogar

Schneeschaufeln mit Ramsey, obwohl es keinen Schnee
gab.

Ich folgte der Schulleiterin in ihr Büro und setzte
mich, als sie auf den Stuhl vor ihrem riesigen Schreibtisch
deutete. Frühere Schulleiter starrten von ihren Porträts an
den Wänden herab, mit harten Urteilen in ihren Stirnrunzeln.

Aber die Schulleiterin lächelte sanft, obwohl ihre
braunen Augen traurig wirkten. „Ich wollte mich bei dir
entschuldigen, Dawn."

Ich blinzelte sie an. „Warum?"

„Ich hatte keine Ahnung, dass Professor Wadluck etwas anderes als ein Psycho-Sportunterrichtslehrer war.
Ich habe jahrelang mit ihm zusammengearbeitet. Mehrere
Professoren haben das, und keiner von uns hat das kommen sehen. Als er verschwand, dachten wir, ihm sei etwas
zugestoßen, nicht dass er bei Ryzes Rückkehr half."

Ich runzelte die Stirn und blickte auf meinen Schoß.
„Wo war er?"

„Er hat dem Ministerium erzählt, dass er sich oben auf
einem Turm hier an der Akademie versteckt hat. Er hat
sich knapp unter der Erde vergraben, bewusstlos, aber mit
genug Luft zum Atmen dank einer Vorrichtung, die er
selbst gebaut hat. Er sagte, er habe auf ein Signal von Mor-

rissey gewartet, dass die Zeit gekommen sei." Sie legte ihre Hände auf den Schreibtisch und seufzte. „Seine Worte."

„War dieser Turm..." Ich schluckte schwer und berührte die Glocke, die an meinem Hals hing. Ich hatte sie auf meiner Truhe in meinem Zimmer gefunden, nachdem ich mich beruhigt hatte, dieselbe Glocke, die ich in Vickies Zimmer gefunden hatte und die nur läutete, wenn jemand Wiederlebendes in der Nähe war. „War dieser Turm neben dem mit dem Vertrauten-Friedhof auf der Spitze?"

„Nun, ja." Die Direktorin lehnte sich leicht vor. „Sie waren auf diesem Turm?"

Ich nickte. Ich war nach der dunklen Stunde dort gewesen, und Professor Wadluck war die ganze Zeit unter meinen Füßen gewesen. Vielleicht war das der Grund, warum eine schattenhafte Person hinter mir die Treppe hochgeschlichen war und mich abgelenkt hatte, indem sie die Glocke oben auf die Stufen gelegt hatte. Damit ich nicht zu genau hinsehen und einen dort vergrabenen Körper entdecken würde.

„Und Morrissey...", fuhr die Direktorin fort. „Ich kannte ihren Effman-Familiennamen, aber dunkle Vorfahren bedeuten nicht, dass die ganze Familie verdorben ist. Trotzdem hätte ich sie genauer im Auge behalten sollen. Ich habe im vergangenen Jahr viele Fehler gemacht."

„Ich habe mein ganzes Leben lang viele Fehler gemacht, also..." Ich zuckte mit den Schultern.

„Das bezweifle ich sehr", sagte sie mit einem freundlichen Lächeln. „Sie haben unvorstellbare Härten durchgemacht."

Ich rutschte unruhig auf meinem Stuhl herum und beschloss, dass es ein guter Zeitpunkt war, das Thema zu wechseln. „Wurde Quiet gefunden?"

„Nein", seufzte sie. „Ryzes Rückkehr hat die Magie durcheinandergebracht, also haben wir nach den besten Wasserwahrsagern geschickt, um uns bei der Suche nach dem Teich zu helfen. Man sollte meinen, dass ein ganzer Teich leicht zu finden wäre, aber er ist einfach verschwunden."

„Und die Frau?" Wir hatten ihr alles erzählt, was draußen passiert war, außer dem Teil, wo wir einem toten Mann zwei Hände gestohlen hatten. Meine lag sicher in meiner Tasche, ein beruhigendes Gewicht, aber ich hatte mein Haar noch nicht kohlenschwarz gefärbt. Das würde ich aber tun, sobald ich Zeit hätte.

Bevor die Direktorin antworten konnte, flog die Tür hinter mir auf und ließ mich von meinem Stuhl aufspringen.

Professor Blumgart, der Lateinlehrer, stand dort, sah gehetzt und außer Atem aus. „Quiet ist in der Sporthalle."

„Mit Schülern?", kreischte die Direktorin. Sie sprang hinter ihrem Schreibtisch hervor und eilte zur Tür.

„Nein, zum Glück", sagte er. „Niemand hält es dort drinnen mehr aus..."

Beide eilten den Flur hinunter und ließen mich allein zurück. Also war das wohl alles. Ich schloss die Tür hinter mir und lehnte mich dagegen, während Professoren und andere Magier in Richtung Sporthalle flitzten.

Ganz am Ende des Flurs entdeckte ich die nackte alte Frau mit dem Geweih. Sie war dort allein, sonst war niemand in Sicht. Sie schob sich durch die Bibliothekstür. Was hatte sie vor? Ich folgte ihr, zumindest um sie zu fragen, ob sie wusste, dass sie nackt war. Nur ein Scherz. Ich hatte keine Ahnung, was mein Plan war, aber ich hatte das Gefühl, dass sie wirklich nicht in der Akademie sein sollte, geschweige denn in der Bibliothek.

Als ich eintrat, stockte mir der Atem. Ohne die Wirkung des Dämpfers war die Bibliothek wieder zusammengesetzt worden, vom Albtraum in Magie verwandelt. Glitzernde Blätter schwebten von lebenden Bäumen herab, deren Baumkronen die Decke vier Stockwerke höher bildeten und deren Stämme die Regale waren. Mehrere ausgehöhlte Bäume bildeten Tische, die den geräumigen, runden Raum punktierten, und in der Mitte erhob sich eine gewundene Treppe.

Aber die Bibliothek war leer bis auf Mrs. Tentorville, die Bibliothekarin mit lila Locken und einem lila Kleid. Sie stand hinter einem umgekippten, ausgehöhlten Baumstamm und stapelte Bücher darauf.

Ich überquerte die etwa dreißig Meter zu ihr. „Mrs. Tentorville, haben Sie gerade eben jemanden hier hereinkommen sehen? Direkt vor mir?"

Sie hörte auf zu stapeln, sah mit gerunzelter Stirn auf und spähte über die Bibliothek zur Tür. „Nein, nur Sie."

„Oh." Ich sah über meine Schulter und suchte die Tische und die oberen Stockwerke ab, nur für den Fall. Mir wurde klar, dass ich eine Vorgeschichte damit hatte, dass Dinge, die ich mit eigenen Augen gesehen hatte, falsch waren, aber ich war nicht verrückt. Zumindest nicht im Sinne von Halluzinationen. Die nackte alte Frau war durchaus real gewesen, als sie Echo, Jon und mich gejagt hatte.

„Kann ich Ihnen sonst noch irgendwie helfen?", fragte sie.

Ich wandte mich wieder ihren Bücherstapeln zu und fand unter dem nächstgelegenen Stapel eine Schriftrolle, auf der oben „Jetzt einstellen!" stand.

„Wer stellt ein?" Ich zog das Pergament vorsichtig heraus, um es lesen zu können, und sobald ich das tat, erschien wie von Zauberhand ein weiteres unter dem Stapel, also zog ich auch das heraus, und dann noch eines und noch eines, weil *ich nicht weiß, wann ich aufhören soll.* Meine Sammlung rollte sich in meinen Händen zusammen, sodass ich keine davon lesen konnte. Sohn einer Hexe.

„Ähm, wer stellt ein?", fragte ich noch einmal.

Mrs. Tentorville kicherte, legte ihre Hand über eine weitere Schriftrolle, die ich noch nicht geschnappt hatte, und neigte sie so, dass ich sie sehen konnte. „Ich. Da einige der Magier jetzt hier leben, um die Schule zu schützen, haben sie nichts als Zeit, um über Ryze zu lesen, was mich zusätzlich beschäftigt hält. Wären Sie interessiert?"

„Sehr sogar." Ich könnte auch über Ryze recherchieren und dabei an dem einzigen Ort sein, an dem es fast unmöglich war, Traurigkeit und Reue zu empfinden – der Bibliothek. Außerdem könnte ich, wenn sie mich bezahlte, tatsächlich zum ersten Mal meine eigenen Mahlzeiten kaufen. „Wie viel..."

Auf der anderen Seite der Bibliothek knarrte die Tür, und ich drehte mich um, um nachzusehen. Jemand ging hinaus. Glänzende lila Locken hüpften einen Rücken in einem lila Kleid hinunter und waren dann verschwunden.

Sie war es. Es war Mrs. Tentorville, die ging, aber...

Ich wirbelte wieder herum, und mein Herz schoss mir in den Hals. Niemand war da. Mrs. Tentorville war verschwunden. Beide von ihnen.

Gestaltwandler.

Ich wich zurück, die Haare in meinem Nacken sträubten sich. Ein Schauer ließ eine Gänsehaut über meine Arme laufen. Ich hatte mit dem Gestaltwandler gesprochen. Er hatte die Angewohnheit zu verschwinden, wenn man zu genau hinsah, so wie damals, als ich Seph in der Sporthalle gesehen hatte, als sie gar nicht schlafgewandelt war. Aber warum war er hier gewesen? Hatte er in den Bücherstapeln nach etwas Bestimmtem gesucht?

Zögernd trat ich auf sie zu, als könnten sie jeden Moment Gift aus ihren Seiten speien. Ich blätterte durch einige von ihnen, hatte aber keine Ahnung, wonach der Skin-Walker gesucht haben könnte. Ich hatte mit ihm gesprochen, dem Mörder meines eigenen Bruders, und hatte es nicht einmal gewusst. Übelkeit kroch in meinem Magen hoch und meine Augen brannten vor Tränen.

Es war normal erschienen. Zugegeben, ich war abgelenkt gewesen, aber meine Theorie, genau erkennen zu können, mit wem ich sprach, war vor meinen Augen zerbröselt. Es sei denn, ich lag falsch und es war wirklich Mrs. Tentorville gewesen, mit der ich gesprochen hatte.

Ich winkte einem Raben zu, der über mir kreiste, und als er zu meinen Füßen landete, rollte ich eine der Stellenanzeigen zusammen und steckte sie in seinen offenen Schnabel. „Bring das zu Mrs. Tentorville", flüsterte ich ihm zu.

Er flog in Richtung des Bibliotheksausgangs und verschwand, bevor er die geschlossene Tür erreichte. Das bestätigte, dass die echte Bibliothekarin gegangen war. War der Skin-Walker also hier bei mir und hielt sich versteckt?

Ich kniete mich hin, um den Dolch aus meinem Stiefel zu holen, meine Augen traten fast aus ihren Höhlen, um alles auf einmal zu sehen. Von hinten streifte etwas mein Haar. Mein Herz raste, als ich mich umdrehte, aber es war nur ein glitzerndes Blatt, das zu Boden flatterte.

Ein knackendes Geräusch kam von einer der oberen Etagen, aber von meinem Blickwinkel aus sah ich nichts Seltsames. War es der Skin-Walker oder die nackte Frau? Oder waren sie ein und dieselbe Person?

Ein prickelndes Gefühl bohrte sich in meinen Rücken. Wer auch immer hier mit mir war, beobachtete mich sehr genau.

Ich fühlte mich wie eine Fliege, die zu nah an ein Spinnennetz summt, und bewegte mich langsam zum Ausgang – gerade rechtzeitig, um ein skelettartiges Bein vom zweiten Stock herabstürzen zu sehen. Es landete ein paar Meter entfernt, Fetzen von Sehnen und Fleisch baumelten daran. Mein Magen drehte sich, als ich entsetzt starrte und dann meinen Blick nach oben richtete. Die alte nackte Frau stand auf dem Treppenabsatz im zweiten Stock, von mir abgewandt. Ihre Geweihe kratzten über die Bücherregale, als sie sich vorbeugte, aber ich konnte nicht sehen, was sie tat. Oder wem sie es antat.

Ein weiteres Blatt wehte an meinem Haar vorbei.

Ich schlug danach. Aber das war kein Blatt. Meine Finger berührten Fleisch und Knochen. Ich drehte mich um, mein Herz stolperte, und starrte auf mein Spiegelbild. Nur gab es keinen Spiegel in der Bibliothek. Ich sah mich selbst an, ein exaktes Ebenbild von den Wurzeln meiner blonden Haare bis zu meinen abgenutzten Stiefeln, außer dass die Hand an ihrer Seite keinen Dolch wie meinen hielt. Außer dem langsamen, unheimlichen Grinsen, das sich auf ihrem Mund ausbreitete.

Der Skin-Walker war ich.

Wut kochte in meinen Adern hoch, dick und heiß. Ich umklammerte meinen Dolch fest, so von Mordgedanken erfüllt, dass jeder Nerv zitterte.

Eine Flut von bitterer Abscheu füllte meine Zunge, aber ich schluckte sie hinunter, um zu sagen: „Du hast in der Nacht, als du meinen Bruder getötet hast, einen Krieg mit mir begonnen. Einen Krieg, den du nicht gewinnen wirst."

Ihre blauen Augen blitzten vor Dunkelheit und Geheimnissen. Genau wie meine.

Ohne ein Wort drehte sie sich um und rannte zur Tür.

„Feigling", fauchte ich und schoss hinter ihr her.

Die Tür öffnete sich, bevor sie sie erreichte. Echos stämmiger Körper blockierte den Ausgang. Ihr Blick traf den des Skin-Walkers.

„Hey, kommst du –"

„Halt sie auf!", schrie ich.

„Was?" Echo ließ ihre weit aufgerissenen Augen zwischen uns hin und her wandern, aber ihr Zögern kostete sie.

Der Skin-Walker schleuderte sie beiseite, als wäre sie aus nichts weiter als Stöcken und Steinen gemacht. Als Echo fiel, griff sie zurück, bevor der Skin-Walker durch die Tür entkommen konnte, packte eine Handvoll schwarzen Umhang und warf den Skin-Walker zu Boden. Dann stürzte sich Echo auf ihn, ihre Kraft brutal und schnell. Sie wurden zu einer rollenden Gewitterwolke aus Schlägen, und ich folgte ihrem Weg über den Boden mit ausgestrecktem Arm, den Versteinerungszauber auf der Zungenspitze.

Wenn ich den Skin-Walker erwischte, wäre er hilflos gegen mich. Ich könnte herausfinden, wer er war, und ihn dann aus der Existenz schneiden.

Jetzt war meine Chance. Echo saß rittlings auf ihr und schmetterte ihre Faust gegen ihren Kiefer, genauso wie sie es bei mir getan hatte.

„*Obrigesunt.*" Ein Ball aus funkelndem Dunkelgrau schoss aus meiner Handfläche.

Der Skin-Walker packte Echo an der Kehle und warf sie in den Weg meines Zaubers. Verflixt! Echo fiel hart zu Boden, ihr ganzer Körper wurde langsam von meinem Zauber erfasst, versteinert. Ihre Haut zog sich nach innen und wurde grau, und zackige Risse bildeten sich und sickerten Blut. Ihre Augen waren leer und wirkten rissig. Mein Magen sank wie ein Stein.

Der Skin-Walker sprang auf und schoss zur Tür hinaus, seine Lippen bewegten sich schnell, aber ich hörte nichts.

„Nein!" Ich jagte ihm nach.

Die Tür schlug mir direkt ins Gesicht, und dann verschwand sie einfach. Die Tür war weg, und alles, was zwischen mir und meiner Rache stand, war ein dickes, unbewegliches Bücherregal wie der Rest der Wände. Ein monströser Laut kroch meine Kehle hoch, als ich dagegen hämmerte. Bücher aus den Regalen riss. Meine Nägel so hart in das Holz kratzte, dass sich Splitter darunter bohrten. Wie ein Tier im Käfig wirbelte ich herum und suchte nach einem anderen Ausweg. Die fehlende Tür war es aber, und der Skin-Walker war dort draußen und gab vor, ich zu sein.

Ein skelettierter Arm fiel vom zweiten Stock herab. Die knirschenden Geräusche gingen weiter. Echo und ich mussten hier raus, falls wir uns plötzlich auf dem Speiseplan wiederfinden würden, aber keiner von uns konnte irgendwohin. Mein Zauber war von meiner mächtigen Wut auf den Skin-Walker angetrieben worden. Echo könnte verbluten, wenn ich den Zauber nicht rückgängig machen und sie heilen würde.

Ich eilte zu Mrs. Tentorvilles Schreibtisch, fand eine Feder und Tinte und schrieb SOS auf die Rückseite einer der Stellenanzeigen. Dann rief ich gleich zwei Raben herbei.

„Du, bring das zu Mrs. Tentorville", sagte ich und steckte das gerollte Pergament in seinen Schnabel. Wenn jemand einen anderen Weg in die Bibliothek kannte, dann sie. „Und du, wo sind die Bücher, die erklären, wie man einen Versteinerungszauber rückgängig macht?"

Ja, ich wusste es tatsächlich nicht. Echo würde mir so oft ins Gesicht schlagen.

Der erste Rabe flog dorthin, wo die Tür gewesen war, und verschwand. Der zweite flog in den zweiten Stock, genau dorthin, wo das Skelettbein heruntergefallen war. Natürlich musste das Buch, das ich brauchte, genau dort sein. Ich wusste nicht, wie lange es dauern würde, bis Mrs. Tentorville hier ankäme, zumal Quiet sich wieder bewegt hatte. Sie könnte beim Teich helfen, aber ich konnte Echo nicht einfach versteinert und überall blutend zurücklassen, selbst wenn ich gehen könnte.

Ich ging auf die gewundene Treppe in der Mitte zu und begann so leise wie möglich hinaufzusteigen. Der Rabe saß auf dem Geländer und wartete mit seinem Flügel, der auf das Regal zeigte. Davor ragten zwei große Geweihe in die Luft, die zu einem Kopf gehörten, den ich noch nicht sehen konnte. Ich näherte mich und versuchte, meine Wut auf den Gestaltwandler zu unterdrücken, um klar sehen zu können. Dann war sie da, die alte nackte Frau, die in der Hocke saß und an einem knochigen Fuß kaute, der hinter den Bücherregalen hervorragte. Lagen dort etwa auch Leichen?

Ihr Kiefer war wieder ausgerenkt, was an sich schon zu grausam zum Ansehen war. Die Luft pulsierte in Wellen um sie herum, durchzogen von kleinen Regenbögen, und ich hatte keine Ahnung, was das zu bedeuten hatte. Was all das zu bedeuten hatte. Wer war sie?

Ich schlich näher heran und behielt den Raben auf der anderen Seite von ihr im Auge. Vielleicht würde sie mich nicht bemerken. Ich klammerte mich an das hölzerne Geländer, meine Schritte so leicht, wie ich sie machen konnte, mein Atem in meinen Lungen angehalten.

Nur noch zwei Fuß von ihr entfernt, drei vom Raben.

Ich bewegte mich langsam, da ich keine Ahnung hatte, was sie tun würde, wenn sie mich sähe, und ich wollte es nicht herausfinden. Der Rabe flatterte mit den Flügeln

und schien ungeduldig mit mir zu sein, als er mich mit
einem schwarzen Auge anstarrte. Das Geräusch erregte
die Aufmerksamkeit der Frau, und sie wirbelte mit ihrem
schrecklichen Heulen herum. Schneller als ein Wimpernschlag hatte sie den Raben zwischen ihren Fäusten gepackt
und riss ihm mit den Zähnen den Kopf ab.

Ich starrte entsetzt darauf, wie meine Haut über meine
Knochen kroch. Mein Verstand schrie mich an wegzu-
laufen, aber ich konnte nicht. Niemand würde schnell
genug kommen, um mir oder Echo zu helfen. Ich brauchte
dieses Buch.

Blut tropfte von ihrem Kinn und durchnässte die Enden ihrer strähnigen weißen Haare, die ihr ins Gesicht
hingen. Der skelettierte Fuß lag vergessen in ihrem Schoß,
halb abgenagt.

Wenn ich nur einen Beschwörungszauber gekannt
hätte, hätte ich das Buch auf diese Weise bekommen können, aber ich hatte schon genug Zeit verschwendet. Echo
brauchte meine Hilfe.

Ich zwang mich Zentimeter für langsamen Zentimeter vorwärts, mein Blick huschte an der Frau vorbei
zum Regal dahinter und zu den Titeln auf den abgenutzten Buchrücken. Das Knack-Knack von Vogelknochen brachte mir Galle auf die Zunge, aber ich ver-

suchte es zu ignorieren, während ich meinen Blick über weitere Titel schweifen ließ.

Verbessern Sie die Umkehrung Ihrer Zaubersprüche durch positives Denken. War das das Richtige? Götter, ich hoffte es. Es befand sich in der Nähe der Stelle, auf die der Flügel des Raben gezeigt hatte. Ich trat näher an das Buch heran, mein Blut rauschte durch meine Adern. Meine Muskeln spannten sich bei der geringsten Bewegung der Frau an. Ich war jetzt in ihrem Blickfeld, während sie den blutigen Stumpf des Vogels zerriss.

Ich berührte das Buch oben mit dem Finger. Zog es aus seinem Platz. Würde sie angreifen? Ich hatte das Buch vollständig in der Hand, als ein kleineres Buch, das daneben gestanden hatte, herausrutschte und mit einem Plumps zu Boden fiel.

Nein!

Ihr Kopf schnellte hoch, und sie knurrte, ihre Zähne so rot wie ihre glühenden Augen. Sie stürzte sich auf mein Gesicht.

„*Obrigesunt.*" Die funkelnde dunkelgraue Kugel schoss aus meiner Handfläche und prallte von den schimmernden Wellen um sie herum ab, wodurch sie ein paar Meter zurückgeworfen wurde.

Dann prallte der Versteinerungszauber direkt auf meinen Kopf zu. Mein Herz überschlug sich. Ich duckte mich gerade noch rechtzeitig und schwang dann meinen Dolch nach oben, als sie erneut angriff. Blut quoll an ihrem Handgelenk hervor, wo ich sie geschnitten hatte, und sie zuckte zurück, wobei ihr wilder Schwung sie beinahe über das Geländer stürzen ließ. Während sie um ihr Gleichgewicht kämpfte, schnappte ich mir das Buch und sprintete zur Treppe, wobei ich in Windeseile durch die Seiten blätterte.

Kein Inhaltsverzeichnis. Nichts, was mir einen Hinweis auf einen Gegenzauber geben könnte.

Die Wahnsinnige kreischte.

Gänsehaut breitete sich meinen Nacken hinunter aus. Ich sprang die letzten Stufen hinunter und rannte zu Echo.

„Versteinern ... versteinern", sagte ich durch zusammengebissene Zähne und blätterte immer schneller durch die Seiten. *Da.* Ich hob meine Hand. „*In lapidem e coverso.*"

Eine graue Aura bildete sich um Echos Körper und blieb dort. Hatte ich genug positives Denken in die Umkehrung des Zaubers gesteckt, wie der Buchtitel es vorgeschlagen hatte?

Ich warf einen Blick hinter mich, mein Magen verkrampft. Die nackte Frau war nicht da ... noch nicht.

Allmählich verdichtete sich das graue Licht zu einer schwebenden Kugel über Echo. Dann zerstreute es sich und verschwand. Abgesehen von all dem Blut und den Rissen in ihrer Haut sah Echo wieder normal aus.

Ich erlaubte mir einen Hauch von Erleichterung und warf einen weiteren Blick hinter mich. Wir waren immer noch allein.

Ich ließ mich neben Echo auf die Knie fallen. „Binde dich in Gesundheit, Schütze Geist und Seele auch, Stärke Kraft und Glück, Lass alles sich erneuern."

Meine graue Heilmagie legte sich wie ein Netz über ihren Körper und verschloss die Risse. Mit dem Saum meines Umhangs wischte ich das Blut so gut wie möglich von ihr ab. „Echo?"

Sie riss die Augen auf und schlug mit der Faust nach mir.

Ich warf mich zur Seite. „Nein, warte. Ich bin's wirklich."

Sie setzte sich auf, und der kalte Blick in ihren Augen deutete darauf hin, dass sie noch nicht fertig war mit dem Zuschlagen. „Du hast mich versteinert."

„Ich weiß. Es tut mir leid. Ich zielte auf den Gestaltwandler. Wir müssen einen Weg hier raus finden."

Ein Schlüssel glitt in ein unsichtbares Schloss, und die Bibliothekstür erschien wieder, als sie aufschwang. Mrs. Tentorville stand auf der anderen Seite, ihr Mund vor Wut verzogen. „Was in sieben Höllen ist mit der Tür passiert? Was- *Ist das Blut auf dem Boden?*"

„Keine Zeit für Erklärungen." Ich packte Echos Ellbogen und zog sie dort hinaus. Über meine Schulter sagte ich:
„Da ist eine alte nackte Frau im zweiten Stock!"

„Was? Sie sollte dort nicht sein", brummte Mrs. Tentorville.

Wo sollten die nackten alten Frauen mit Geweihen denn
sonst sein? Ich schüttelte den Kopf, während wir den
Gang hinunterrannten.

„Dieses Ding ... Es sah genauso aus wie du", zischte
Echo. „Aber es könnte inzwischen nicht mehr du sein."

„Ich weiß", sagte ich, aber das würde mich nicht davon
abhalten, weiter zu suchen. Ich war dem Gestaltwandler
so nahe gewesen und konnte mich selbst dafür ohrfeigen,
dass ich ihn hatte entwischen lassen.

Der Flur war voller Schüler, die die Klassen wechselten.
Ich biss die Zähne zusammen, während wir uns durch sie
hindurchkämpften, mein Blick sprang dabei von Gesicht
zu Gesicht.

Ramseys Kopf schwebte näher über dem Schwarm, und
als er mich sah, verdunkelte eine seltsame Mischung aus
Erleichterung und Bedrohung seine stürmischen Augen.

Meine Schritte stockten, und ich blieb stehen, wobei
ich mich schützend vor Echo stellte. Etwas musste passiert
sein, dass er mich so ansah. Es sei denn, das war gar nicht
wirklich er.

Er blieb ebenfalls stehen, ein paar Meter entfernt mitten im Flur, und betrachtete mich kühl, bevor er schließlich sprach. „Willst du mir vielleicht erklären, was das gerade sollte?"

„Was?"

Er zeigte auf den Saum seines Umhangs, der tropfnass war, und verschränkte dann die Arme. „Du hast mich eben in der Turnhalle fast in die Stille gestoßen."

Mir klappte die Kinnlade runter. „Ich würde dir niemals so etwas antun." Wie konnte er das überhaupt denken?

Als würde sie spüren, dass ich kurz davor war zu explodieren, schob Echo uns nach rechts in ein leeres Klassenzimmer und schloss die Tür hinter uns.

„Hör mal", Echo drängte sich vor mich, um Ramsey anzustarren. „Wir hatten gerade selbst eine Begegnung mit" – sie senkte ihre Stimme – „jemandem, der wie Dawn aussieht."

„Aber ...", Ramsey schüttelte den Kopf. „Du hast mich angelächelt, als du auf mich zugekommen bist, und es warst du. Ich weiß es, weil ich dein –"

„Mein Gesicht kenne, ich weiß." Ich schüttelte den Kopf, während mir ein langer Schauer über den Rücken lief. Götter, das war unheimlich. „Es muss uns beobachten, uns studieren, um besser zu werden, um uns zu täuschen."

Echo ließ ihren blauen Blick zwischen uns hin und her wandern. „Jetzt, wo du wach bist, Dawn, versucht es vielleicht, euch zwei gegeneinander auszuspielen. Ramsey denken zu lassen, dass er dir nicht vertrauen kann."

„Aber warum?", seufzte ich. „Weil ich dir helfe, den Stab von Sullivan zu finden? Vielleicht will es nicht, dass du ihn findest. Vielleicht weiß es, dass ich dir schon eine Hand fürs Schattenwandern gegeben habe."

„Du hast mir eine ...", Ramsey starrte mich an, als wäre das, was ich gesagt hatte, zu unglaublich. „Dawn, welche Hand?"

KAPITEL FÜNF

ICH SCHLUG DIE HÄNDE über meine Ohren, als könnte das blockieren, was Ramsey gerade gesagt hatte. Ich hatte ihm eine Hand gegeben. Er war es, dem ich sie gegeben hatte. Oder etwa nicht? „Sohn einer Hexe."

„Oh, klasse", sagte Echo, ihre Stimme gedämpft. „Ich nehme an, das bedeutet, ich muss dir eine weitere Leiche besorgen?"

Ich ließ meine Hände sinken und ballte sie zu Fäusten. „Nein, das bedeutet, der Gestaltwandler kann jetzt auch durch Schatten wandeln, weil ich ihm buchstäblich die Hand eines toten Mannes gegeben habe."

„Nicht unbedingt", sagte Ramsey und berührte meine Schulter. „Wenn der Gestaltwandler durch Schatten wandeln wollte, hätte er sich jederzeit leicht selbst die Hand eines toten Mörders besorgen können. Es ist nicht deine Schuld."

„Ich hätte es wissen müssen." Ich sah zu ihm auf, mein Herz zerriss ein wenig mehr. „Genauso wie du hättest wissen müssen, dass ich es nicht war, die versucht hat, dich ins Stille zu stoßen."

„Ich weiß." Er atmete schwer aus, während er sich mit den Fingern durchs Haar fuhr. „Wir brauchen eine bessere Möglichkeit, uns gegenseitig zu erkennen, etwas, das uns sofort sagt, wem wir vertrauen können, damit wir nicht all unsere Geheimnisse der falschen Person verraten."

„Eine Blutbindung", sagte Echo, ihr Blick in die Ferne gerichtet. „Schwarze Magie, aber harmlos. Relativ gesehen, jedenfalls. Ich wusste nichts davon, bis Craig es eines Tages erwähnte, aber... Paare verwenden es manchmal, wenn einer reist und der andere zu Hause bleibt und sich Sorgen macht. Die Blutbindung verriet ihnen, wenn der andere in Gefahr war, was sie fühlten oder wenn sie in der Nähe waren."

„Das klingt..." Intim. Meine Wangen wurden warm, als ich zu Ramsey blickte, der sein Grübchengrinsen zeigte. „Permanent."

Er verdrehte die Augen und lachte. „Das wolltest du nicht sagen."

Verdammt sei mein Gesicht.

„Es wird nicht nur für Paare verwendet, sondern auch für enge Freunde und kann jederzeit rückgängig gemacht werden." Echo zuckte mit den Schultern. „Dauert etwa fünf Minuten."

„Moment, auch für enge Freunde? Heißt das –"

„Ja." Echos klare blaue Augen trafen auf meine, frei von jeglichen Zweifeln. „Ich habe dir schon gesagt, dass ich der Sache verpflichtet bin. Außerdem mag ich es, genau zu wissen, wen ich schlage."

Eine seltsame Mischung von Gefühlen brodelte in meiner Brust. Druck, zum einen. Ich war mir nicht sicher, ob ich Echos Vertrauen oder den Glauben verdiente, dass ich tatsächlich etwas gegen Ryze unternehmen könnte. Aber auch... Druck, die warme, kribbelnde Art, die sich um mein Herz aufblähte. Es war ein unerwarteter Vorteil, an die Nekromanten-Akademie zu kommen, diese ganze Sache mit dem Freunde-Haben, und ich liebte es.

Ich nickte lächelnd, das erste Mal an diesem Tag. „Okay. Und Jon auch, wenn er möchte."

„Wir sollten das jetzt machen", sagte Ramsey, sein Blick wich nie von mir. „Keine Zweifel mehr an Absichten. Niemals."

Echo ging zur Tür. „Jon müsste jetzt im Symbologie-Unterricht sein. Ich hole ihn, bevor es losgeht, da es so klingt, als würden wir schwänzen."

Sie schloss die Tür hinter sich und ließ Ramsey und mich allein mit dem Gewicht dessen, was wir im Begriff waren zu tun. Wir würden blutgebunden sein, wie ein Paar. Es war seltsam, aber das war alles an... uns. Ich hatte seine Hand genommen, als ich aus der Magieohnmacht erwachte, und ein Teil von mir hatte immer noch nicht losgelassen. Ich verließ mich auf ihn. Ich konnte mich auf ihn stützen. Ich hatte versucht, ihn zu töten.

Und trotzdem beschützte er mich unerbittlich.

Er trat näher, ganz flüssige Anmut, das Fackellicht an den Wänden erwärmte sein Lächeln und alles an ihm. „Du hast mir die Hand eines toten Mörders besorgt."

„Technisch gesehen habe ich dem Gestaltwandler eine Hand besorgt."

„Trotzdem", sagte er und fuhr mit dem Finger unter meinem Kinn entlang. „Es ist der Gedanke, der zählt. Danke."

Ich hob meinen Blick zu seinem, damit er sehen konnte, dass ich nicht log, als ich sagte: „Ich würde dich nicht in einen Teich stoßen."

„Das ist nicht wirklich dein Stil, oder?" Er schüttelte den Kopf und fuhr mit den Fingerspitzen meinen Kiefer entlang, seine Berührung wie prickelnde Magie auf meiner Haut.

„Nein. Ich würde den Mord selbst begehen und es nicht das Stille für mich tun lassen. Das weißt du."

„Du hast Recht. Scheint jetzt so offensichtlich, aber alles, was ich kurz vorher sah, war dein Lächeln, und es muss seltsame Dinge mit meinem Kopf gemacht haben." Langsam, als würde er darauf warten, dass ich protestierte, schloss er mich in seine Arme. „Es tut mir leid, dass ich dich beschuldigt habe."

Mit meiner Wange an seinem schnell schlagenden Herzen schmolz ich in seine Umarmung und schlang meine Arme um seine Taille. „Du bist verziehen", flüsterte ich.

Er seufzte in mein Haar. „Das ist verdammt gut zu hören."

Wir blieben ineinander verschlungen, im Moment waren keine weiteren Worte nötig, und es gab nichts Unangenehmes an unserer Stille. Wir existierten, zusammen, und ich mochte es. Zog es sogar dem Versuch vor, ihn zu töten.

Dann platzten Echo und Jon herein.

„Ohhhh", sagte Echo, ihre Augenbrauen kletterten ihre Stirn hinauf. „Machen wir das jetzt etwa nicht?"

„Wir machen das jetzt." Ich trat weg und spürte, wie Ramseys Finger sich fester in meinen Rücken krallten, bevor er mich losließ. Mein Puls setzte bei dieser

Berührung aus und dann nochmal bei der Intensität seines Blickes, der nur durch sein schiefes Lächeln gemildert wurde. All das dauerte nur eine Sekunde, bevor er seine Aufmerksamkeit zur Tür wandte. Ich riss meinen Blick von ihm los und winkte Jon unbeholfen zu. „Hey. Hat Echo dir erzählt, was wir vorhaben?"

„Ja, aber... was ist mit Seph?"

Ich biss die Zähne zusammen, als der rohe Schmerz, den allein ihr Name auslöste, durch mich fuhr. „Nein. Nicht ohne ihre Einwilligung."

Er nickte kurz. „Was machen wir dann?"

„Setzt euch im Kreis auf den Boden", sagte Echo und begann, die Tische des Klassenzimmers aus dem Weg zu räumen. „Dawn, wir brauchen deinen Dolch."

„Moment", sagte ich. „Echo, du bist gegangen und wiedergekommen, und Jon... Bevor wir das machen, müssen wir absolut sicher sein, dass wir die sind, für die wir uns ausgeben."

„Raben." Ramsey ging zur Tür und als er sie öffnete, brachte er seine Finger an die Lippen und pfiff. Federn raschelten, dann kam ein Rabe in das Klassenzimmer geflogen und landete auf einem nahegelegenen Tisch.

Erinnerungen an knackende Vogelknochen und einen geköpften Vogel schossen mir in allen Einzelheiten durch den Kopf, aber ich schüttelte sie ab. Hoffentlich hatte Mrs.

Tentorville diese Frau – wer auch immer sie war – unter Kontrolle, da sie mehr über sie zu wissen schien als ich. Ich würde mich gleich danach vergewissern.

Im Schreibtisch des Professors fand Ramsey eine Pergamentrolle und gab sie dem Raben. „Bring das zu Echo."

Der Rabe kreiste einmal durch den Raum und landete zu Echos Füßen.

„Bring das zu Jon", sagte sie zu ihm.

Er tat es, und um ganz sicher zu gehen, bat Jon ihn, es zu Ramsey und dann zu mir zu bringen. Als er fertig war, legte er den Kopf schief und krächzte, als wollte er sagen: „Genug!" Dann flog er zur geschlossenen Tür und verschwand hindurch.

„Scheint, als wolle er nichts mit unseren albernen Menschenspielen zu tun haben", sagte ich.

„Ist das gut, oder müssen wir jetzt auch noch unsere ganze Lebensgeschichte erzählen?", fragte Echo und setzte sich auf den Boden. Wir gesellten uns zu ihr.

„Ich habe keine Geschwister", platzte Jon heraus und sah uns drei an. „Meine Eltern sind durchschnittliche Magier, die einen Gasthof in Pyr besitzen, und ich war auch immer durchschnittlich. Bis ich hierherkam. Ich bin tatsächlich gut in diesem Todeskram."

„Und in Osteomantie", sagte ich mit einem Lächeln. „Und in allem, was mit Seph zu tun hat."

Er errötete und sah weg, sein Liebeskummer war schmerzlich deutlich.

Echo zuckte mit den Schultern. „Fünf Brüder. Sie haben mir beigebracht zu kämpfen und niemals Angst zu zeigen. Ich denke, das hat Craigs Aufmerksamkeit erregt, dass ich nicht nur irgendein gewöhnliches Mädchen war."

„Das war es", sagte Ramsey leise.

Echo holte zitternd Luft und nickte.

„Ich vermisse meine Freunde", gab Ramsey zu. „Sehr. Ich vermisse auch meine Familie. Ich schreibe ihnen jeden Tag, um mich zu melden, und es bringt mich um, wenn ich den Teil schreibe, dass ich den Stab von Sullivan noch nicht gefunden habe."

Meine Kehle zog sich zusammen bei der Qual in seiner Stimme, bei dem rohen Ausdruck auf seinem Gesicht, als er seine Seele entblößte. Das war zu viel für eine Person, ganz allein ohne enge Freunde und mit einer Familie, die es zu retten galt. Ich streckte die Hand aus und ergriff seine, und er drückte sie fest, den Blick auf die Mitte unseres Kreises gerichtet.

„Ich werde Ryze dafür bezahlen lassen, dass er uns allen wehgetan hat", schwor ich. „Ich werde ihn und alle, die ihm helfen, aufhalten, egal was ich dafür tun muss, und ich werde nicht aufhören, bis er tot ist, selbst wenn es mich umbringt. Das ist ein Versprechen."

Echo lächelte mich von der anderen Seite des Kreises an. „Wir wissen das. Deshalb sind wir hier."

„Das ist ein Teil des Grundes, warum ich hier bin." Ramsey sah mich dann an, etwas von dem Schmerz in seinen Augen war verschwunden und seine Mundwinkel waren entspannt. „Ich denke, du kennst den anderen Grund, warum ich hier bin."

Mein Herz pochte, und die Heftigkeit seines Schlags raubte mir den Atem. Mein Magen machte diesen seltsamen Looping, und irgendwie ließ es mich denken, ich könnte fliegen. Ich wusste es. Götter, ich verstand es nicht oder ihn oder irgendetwas von diesem Gefühl, aber ich kannte den anderen Grund, warum er hier war. Es war ich. Ich mit all meinen Fehlern und Irrtümern, und trotzdem war er noch hier.

„Sollen wir wieder gehen oder...?", fragte Echo rau, aber mit einem neckenden Unterton.

„Nein", sagte ich. „Sind wir zufrieden, dass wir die sind, für die wir uns ausgeben?"

Jon nickte. „Lass es uns machen."

Echo streckte ihre Hand aus. „Dawn? Dein Dolch?"

Ich holte ihn aus meinem Stiefel und reichte ihn ihr, den Griff zuerst. Sie nahm ihn und schnitt sich ohne zu zögern in beide Handflächen. Wir taten alle das Gleiche, allerdings mit deutlich mehr Zischen und Zusammenzucken.

„Fasst euch an den Händen", wies sie an. Nachdem wir das getan hatten, sagte sie: „Sprecht mir nach: *vinculo sanguine.*"

„*Vinculo sanguine*", sagten wir im Chor.

„*Die hac et in aeternum.*"

„*Die hac et in aeternum.*"

„*Nos simul ad conteram seorsum.*"

„*Nos simul ad conteram seorsum.*"

Ein Schub dunkelroter, pulsierender Energie schoss von Echo aus und umkreiste unsere verschränkten Hände. Sie folgte unseren Adern und ließ sie leuchten, und ich konnte drei kraftvolle, unterschiedliche Signaturen spüren, die sich mit meinem Blut verbanden. Ich konnte sie riechen, was seltsam war. Eine duftete nach Regen, und ich atmete diese tief ein, um sie ganz in meine Seele aufzusaugen. Die andere roch nach Erde und frischen Blumen, und die dritte war Pfefferminze, aber mit einem belebenden Gefühl verbunden, wie nach einem harten Lauf oder dem Dehnen schmerzender Muskeln.

„Haltet eure Augen geschlossen und prägt euch die Signaturen der anderen ein. Spürt ihr sie?", fragte Echo.

„Ja", hauchte ich. „Wonach rieche ich?"

„Brot", sagten sie wie aus einem Mund.

Ich schnaubte. Ich hätte es wissen müssen. Ich hatte in meinem Leben so viel davon gegessen, dass ich wahrscheinlich ganze Laibe davon ausschwitzen könnte. Götter, kannst du dir das vorstellen?

Ramsey heilte Echos und Jons Schnitte, und als er meine Hände in seine nahm, ging ein kraftvoller Funke zwischen uns über, als er den Heilzauber sprach. Ich konnte jetzt mehr von ihm spüren, wie die verschiedenen Teile seiner magischen Signatur das Ganze ausmachten. Es glühte tief in ihm wie ein gut gehütetes Geheimnis, das ich nun kannte. Er grinste und zeigte seine Grübchen, ein Aufflackern von Hitze in seinen Augen.

„Äh, Frage." Jon rutschte neben mir hin und her. „Wer hat gepinkelt?"

Es dauerte peinlich lange, bis ich meine Aufmerksamkeit von Ramsey losreißen und verstehen konnte, wovon Jon sprach. „Oh—" Ich schlug mir die Hand vor den Mund, um keinen Laut von mir zu geben.

Stille strömte unter der geschlossenen Tür herein, ein unheimlicher Anblick, da sie kein Geräusch machte. Zuckende Arme trieben auf der Oberfläche auf uns zu, während weitere versuchten, hereinzukommen. Wie konnten sie so schweben? Das Wasser war nicht einmal so tief. Noch nicht.

Wir vier sprangen auseinander und auf die Tische. Dieses Klassenzimmer hatte nur eine Tür, und aus zehn Fuß Entfernung würden wir es nie schaffen. Wir konnten nicht rennen. Wir konnten nicht um Hilfe rufen. Wir konnten nicht entkommen, und der Raum füllte sich unnatürlich schnell. Schon stieg das Wasser bis zur Mitte der Tischbeine, und wogte, um jede Ecke mit schäumenden, tobenden, stillen Stromschnellen zu füllen.

Ramsey winkte uns zu und zeigte dann nach oben. In der Decke war ein kleines Loch in den Stein geschnitten. Vielleicht ein Mordloch, wie man sie manchmal in Burgen findet und benutzt, um kochendes Wasser oder Öl auf Angreifer zu schütten. Was für ein Klassenzimmer war das hier und das darüber? Wir konnten dadurch entkommen, solange wir nicht ausrutschten und in die Stille fielen.

Echo machte einen Sprung auf Ramseys Tisch. Ich ging als Nächstes, dann Jon, dessen Füße ganz am Rand landeten. Er schwankte nach hinten und ruderte mit den Armen, und wir drei schossen nach vorne, um ihn in Sicherheit zu ziehen. Er sackte erleichtert gegen uns, und als er den Kopf senkte, entdeckte ich etwas über seiner Schulter, das mir den Atem raubte.

Stapel über Stapel von Käfigen in der Ecke des Raumes. In vielen waren deformierte Kreaturen, eine mit fünf Armen, die wie Tentakel um die Gitterstäbe des Käfigs geschlungen waren. Und unter den Kreaturen war ein dreiäugiges Stinktier. Sein schwarzer Blick war kalt und leer, und sein Käfig war über den Schreibtisch des Professors hinaus getrieben. Stapel von Pergament glitten davon, während der Teich weiter den Raum verschlang. Der Käfig schaukelte so lautlos wie das Wasser näher und streifte die zuckenden Arme. Sie ignorierten ihn jedoch, als könnten sie spüren, dass er tot war.

Ich blickte zurück und sah Jons Beine aus dem Loch baumeln. Ramsey und Echo waren bereits dort oben und mühten sich ab, ihn hochzuziehen. Das tobende Wasser schwappte an die Beine des Tisches, auf dem ich stand. Bald würde er im Teich treiben. Ich blickte wieder zum Käfig des Stinktiers. Wenn ich es tun wollte, musste ich es jetzt tun.

Ich kniete mich auf alle Viere und versuchte, keinen einzigen Laut von mir zu geben. Ich griff die Tischkante und lehnte mich hinaus, immer weiter. Da kam er, gerade außer Reichweite.

Etwas bewegte sich an meiner Seite, und ich erkannte zu spät, dass es meine Totenhand war, die aus meiner Tasche fiel. Ich schnappte sie in der Luft, verlor aber den Halt auf dem glatten Tisch. Ich fiel. Fiel in den Teich. Ich kniff die Augen zu und hielt dann inne, meine Nase streifte fast einen ausgestreckten Arm, mein Ohr streifte fast einen anderen, der aus den steigenden Tiefen des Wassers ragte. Meine Stiefel rutschten an der Tischkante entlang, mein Körper neigte sich gerade über das Wasser. Mein Umhang wölbte sich nach hinten, und ich konnte die Wut eines gewissen Jemandes in meinem Schädel spüren. Er musste heruntergesprungen sein, um mich zu retten.

Am Rande meines Blickfelds trieb der Käfig näher. Ich streckte blitzschnell meinen Arm aus und schnappte ihn.

Das Krachen meiner Knöchel am Metallkäfig löste einen Sturm lautloser Bewegungen aus, direkt auf mich zu. Hände griffen zu und zogen mich aus Ramseys Griff. Mein Gesicht tauchte ins Wasser ein, und ein überraschter Schrei blubberte aus meinem Mund. Ich riss die Augen auf und wünschte, ich hätte es nicht getan.

Hunderte von verdrehten Albtraumgesichtern starrten zurück mit weißen Augen, wo ihre Münder sein sollten. Ein Mund mit doppelten Zahnreihen klaffte weiter auf, wo ihre Augen hätten sein sollen. Ihr Haar tanzte unheimlich um ihre ausgemergelten Körper.

Sie zerrten mich tiefer hinein, krallten sich in mein Haar und zerkratzten meine Wangen, rissen die Vorderseite meines Umhangs auf. Ramsey zog härter an der Rückseite meines Umhangs, meine einzige Hoffnung, hier lebend herauszukommen. Panik tobte durch meine Adern. Was, wenn er es nicht schaffte? Was hatte ich mir nur gedacht? Es war dumm, mein Leben zu riskieren, um herauszufinden, wer Leos Leben genommen hatte, während ich die Zutaten für den Erinnerungsgranaten-Zauber sammelte.

Rache hatte mich so lange angetrieben, dass sie jetzt Teil meiner Instinkte war und nichts mit rationalem Denken zu tun hatte.

Meine Lungen begannen zu brennen. Ich musste atmen. Ich kämpfte so gut ich konnte mit einem Arm gegen die Hände und doppelten Zahnreihen an, aber sie bissen sich so fest, dass meine Knochen knirschten. Mit meinem anderen Arm hielt ich den Käfig des Stinktiers fest, der immer noch an der Oberfläche trieb. Ich konnte nicht loslassen. Ich konnte einfach nicht.

Schatten wirbelten durch meinen Geist, die Art, die ich nicht willkommen hieß. Die Art, die mit dem Tod einherging. Meine Lungen flehten mich an, den Mund zu öffnen, um Luft zu holen. Das Bedürfnis brannte durch sie, heiß und verzweifelt. Ich verlor, gegen die Stille, gegen Ryze, gegen den Mörder meines Bruders.

Ich ließ den Käfig los, weil ich verdammt nochmal musste. Mit meinem letzten bisschen Willen und Kraft schlug ich mit dem Handballen auf das Handgelenk, das mich am festesten hielt, eine Verteidigungsbewegung, die ich in P.P.E. gelernt hatte.

Das befreite mich. Ramsey zog mich weit genug zurück, dass ich einen süßen, süßen Atemzug nehmen konnte, und hievte mich dann auf den Tisch und in seine Arme. Ich wagte es nicht zu husten oder zu prusten oder einen

Laut von mir zu geben, während die Arme sich über den Rand des Tisches schlängelten, ihre Finger suchend.

Ramsey stieß sich von mir weg, seine Wut knisterte um ihn herum wie Blitze. Er beugte sich vor und verschränkte seine Hände zu einer Stufe, und mit seinem Kopf als Balance und Jons und Echos Armen, die aus dem Mordloch hingen, zog ich mich hoch.

Als ich durchnässt wie ein Ball gegen den Boden kollabierte, fuhr Echo auf mich los, ihre blauen Augen wild leuchtend.

„Bist du verrückt?", zischte Echo. „Warum hast du das getan? Ich hätte es dir holen können."

Ich wischte mir das Wasser aus den Augen, keuchte und hustete, während ein tiefer Schauer meinen Rücken hinunterlief, als mir bewusst wurde, wie nahe ich dem Tod gewesen war. Ich lebte, dank Ramsey, der sich mühelos hochzog und mich mit einem wütenden Blick fixierte.

„Ich wollte nur-"

„Du warst dumm, Dawn", brüllte er. „Warum riskierst du dein Leben für ein totes Stinktier?"

„Es tut mir leid", krächzte ich und hustete noch mehr. „Ich brauche es für den Erinnerungsgranaten-Zauber, um die Nacht, in der Leo starb, zu klären, damit ich endlich weiß-"

„*Wissen ist es nicht wert zu sterben, Dawn!*", schrie er.

„Ich weiß", flüsterte ich. Seine Wut auf mich kochte durch meine Adern, die Blutbindung bestätigte, was ich bereits wusste, und es ließ mich vor Schuldgefühlen krank fühlen.

Er kam auf mich zu und kniete sich hin, während er den Heilzauber für Quiets Bisswunden und Blutergüsse auf meiner Haut murmelte. „Wenn dich das Sammeln der Zutaten nicht umbringt, werden es der Zauber und der Trank tun. Es ist gefährlich, und du wirst es nicht machen." Er starrte mich lange an, seine Augen so gequält, dass es wehtat, zurückzuschauen. „Hast du mich verstanden?"

„Ich habe dich verstanden. Es tut mir leid, dass ich dich wütend gemacht habe."

„Ich bin nicht wütend. Ich bin außer mir. Ich habe dich gerade erst zurückbekommen..." Er sah weg und fuhr sich mit den Fingern durchs Haar.

Seine Worte trafen mich mitten in die Brust und brachen mich und füllten mich gleichzeitig mit Wärme. Er hatte schon so viel verloren, und dass ich ihm eine weitere Last aufbürdete, war egoistisch. Er sorgte sich, viel mehr als ich es verdiente, aber er tat es. Und ich auch.

Ich streckte die Hand aus, das Wasser von meinen Fingern tropfte laut auf den Boden, jetzt da ich eine Etage über Quiet war, und drehte seinen Kopf zu mir. „Es tut mir leid. Ich hätte es nicht tun sollen, aber ich bin so froh, dass du da warst." Ich strich mit meinen Händen über seinen Kiefer und hoffte, die Wut wegzuwischen, die ihn so unerbittlich wie Stahl machte. „Danke, dass du mich rausgeholt hast."

Er stieß einen Atemzug aus, nahm rau eine meiner Hände und drückte sie an seine Lippen, während er die Augen schloss. Einen Moment lang hielt er sie dort, sein unregelmäßiger Atem strich über meine Haut. Seine Lippen waren weich, und ich erinnerte mich genau daran, wie sie schmeckten, selbst nach drei Monaten im magischen Vergessen. Ich war mir sicher, dass ich es nie vergessen würde. Dann ließ er meine Hand los, stand auf und stürmte ohne ein Wort aus dem Klassenzimmer.

Ich starrte ihm nach, meine Hand kribbelte, mein Herz sprang ihm hinterher.

„Hättest mich es holen lassen sollen", murmelte Echo und folgte ihm dann.

Ich rappelte mich mit einem langen Seufzer auf und bemerkte, wie Jon mich von neben dem Mordloch im Boden stirnrunzelnd ansah. „Ja, ja, ich habe etwas Dummes getan."

„Was für ein Zufall." Hinter seinem Rücken brachte er den Käfig des dreiäugigen Stinktiers hervor, der an einem Haken an einer langen Stange baumelte. „Ich auch." Er zwinkerte und lächelte.

Na, das war's dann wohl. Seph konnte seine Babys haben, wenn sie wollte, und ich wäre völlig einverstanden damit.

KAPITEL SECHS

DIE PROFESSOREN SCHIENEN ALLE von der nackten alten Frau zu wissen, die herumschlich, aber sie hielten den Mund, sobald jemand danach fragte. Was offensichtlich bedeutete, dass sie etwas verbargen.

„Sie ist harmlos, solange man ihr nicht zu nahe kommt", sagte uns Professor Lipskin am nächsten Tag in Untote Botanik. „Wir haben die Situation unter Kontrolle."

„So wie Quiet?", fragte Echo.

Dem Rest der Klasse fielen fast die Augen aus dem Kopf angesichts ihres Mutes. Ich grinste. Typisch Echo, keine Angst zu haben, die schwierigen Fragen zu stellen.

Der kahle Professor funkelte sie an. „Glaubst du, du könntest es besser machen?"

„Auf keinen Fall", sagte sie.

Ich schätzte ihre Ehrlichkeit. Professor Lipskin anscheinend auch, denn er ließ es dabei bewenden, bevor er mit allem loslegte, was er am Frühling hasste:

„Insekten", sagte er und zählte an seinen Fingern ab, „sanfte Brisen, die Sonne, Paarungszeit und Frühjahrsmüdigkeit bei Schülern, die nicht aufpassen." Er schlug mit der Hand auf seinen Schreibtisch.

Alle zuckten zusammen, einschließlich des Typen in der ersten Reihe, der am Einschlafen war. Alle außer Jon, der zu beschäftigt damit war, sich Notizen zu machen.

Später an diesem Tag nach dem Abendessen überquerte ich die Eingangshalle mit einem Stapel Bücher in den Armen, um sie in die Bibliothek zurückzubringen. Ich hatte drei Wimpern von dem dreiäugigen toten Stinktier in einem Glasfläschchen in meiner Tasche, nur noch auf die letzten zwei Zutaten für die Gedächtnisgranate wartend. Das Blut würde einfach sein; die Lilienwurzblume war das Problem, daher all die Bücher. Ich war halb versucht, Professor Lipskin nach Tipps und Tricks zu fragen, wie man ihre Blütenblätter sammelt, ohne gefressen zu werden, aber dann würde er vielleicht wissen, was ich vorhatte, und versuchen, mich davon abzubringen.

Meine Eltern kamen aus dem Versammlungsraum, entdeckten mich und eilten zu mir herüber.

„Wirklich, Dawn?" Stirnrunzelnd fuhr Mom mit den Fingern durch mein frisch kohlgeschwärztes Haar. „Warum? Ich brauchte drei Versuche, um es alles auszuwaschen, während du im Magierrausch warst."

„Ich mag es so lieber." Ich brachte es nicht übers Herz, ihr den wahren Grund zu sagen, nämlich dass blondes Haar sich beim Schattenwandern nicht gut mit den Schatten vermischte. „Zumindest hier."

Meine Haare waren nicht das Einzige, das dunkler geworden war. Meine Magie hatte jetzt eine dunkelgraue Farbe, und ich wusste genau, was die Veränderung von einem helleren Grau verursacht hatte – ein erfolgreicher Nekromantie-Zauber. Wenn ich weiterhin schwarze Magie praktizierte, würde sie noch dunkler werden. Das war nicht unbedingt schlecht ... oder?

„Wir wollten dich suchen, um dir zu sagen, dass wir abreisen", sagte Dad.

Meine Schultern sackten herab und mein Herz sank. „Was?"

„Nicht für immer." Er drückte meinen Arm. „Nur für ein paar Tage. Die Arbeit eines Heilers ist nie getan, besonders zu Hause in Maraday, und deine Mom könnte eine Pause von diesem Ort gebrauchen."

Mom rieb sich die Schläfen und kniff die Augen zusammen. „Die Winkel, Dawn. Ich kann in dieser Schule ohne

Fenster nicht viel sehen, aber ich sehe die Winkel, und sie sind falsch."

„Ich mochte es aber, dass ihr hier wart", sagte ich mit einer Stimme, die so klein klang.

„Wir kommen wieder, Liebes." Dad nahm mich in den Arm, seine Heilamulette klingelten in einem vertrauten Lied, von dem ich nie genug bekommen würde. „Wir müssen nach dir und deiner Freundin Sepharalotta sehen. Nächstes Mal bringe ich meine Bongos mit."

„Nein, wird er nicht." Mom trat an Dads Stelle und nahm mich in die Arme, und ich atmete ihren süßen Duft tief ein.

„Ich liebe euch", brachte ich hervor.

„Wir lieben dich auch." Mom zog sich zurück und wischte sich die Nässe von den Wangen.

„Wir lieben dich so sehr, dass wir dir ein paar Münzen für Essen auf deinem Schreibtisch gelassen haben", sagte Dad. „Und wenn Blicke töten könnten, wäre ich von dieser einäugigen Katze da drin tot. Gehört sie Sepharalotta?"

„Ja. Sie ist ein charmanter Mordball, und ich liebe sie." Ich versuchte zu lächeln. „Danke für die Münzen, Dad."

„Jederzeit. Schick einen Raben, wenn du uns brauchst, und wir sind schneller zurück, als du denkst."

Ich sah ihnen nach, wie sie zur Tür gingen, und vermisste sie jetzt schon, und noch mehr, als sie sich immer wieder nach mir umdrehten. Ich konnte es ihnen aber nicht verübeln, dass sie gingen. Diese Akademie und all ihr Wahnsinn waren definitiv nicht für jeden.

Eine magische Signatur, die wie Regen roch, durchströmte mein Blut und umhüllte mich in einer tröstenden Umarmung, und ich drehte den Kopf, um Ramsey auf der anderen Seite der Eingangshalle zu sehen. Die Blutbindung schien seine Signatur für mich am stärksten gemacht zu haben, oder vielleicht war ich mir ihrer einfach bewusster, da ich ihn immer um mich haben wollte. Er kam zu mir herüber, sein Blick auf den Rücken meiner Eltern gerichtet, als sie durch die Tür traten.

„Sie gehen?", fragte er.

Ich nickte. „Du sprichst jetzt wieder mit mir?" Das waren die ersten Worte, die er zu mir gesagt hatte, seit wir aus Quiet entkommen waren. Er wusste nichts von den Wimpern in meiner Tasche, und glücklicherweise bezogen sich die Titel der Bücher, die ich trug, nur allgemein auf Untote Botanik. Was er nicht wusste, würde ihm nicht schaden.

„Ich schätze schon", seufzte er.

Ich prüfte die Totenhand in meiner Tasche. Offen. Diese blieb öfter so als nicht. „Sprichst du genug mit mir, um mir bei der Suche nach deinem Stab in den Katakomben zu helfen?"

„Die Katakomben, hm?" Ramsey lehnte sich gegen die Wand des Eingangsbereichs und betrachtete mein kohlenverschmiertes Haar. „Wir werden definitiv nicht in der Lage sein, sie alle an einem Tag zu erkunden."

„Dann machen wir, was wir können."

„Echo hat mir tatsächlich eine Totenhand gegeben." Seine Augen funkelten und verrieten seine Aufregung. „Ich brenne darauf, sie zu benutzen."

Ich wusste, dass er nicht Nein sagen konnte. Sich überall in der Schule herumzuschleichen war irgendwie sein Ding.

„Gibst du mir vier Minuten?", fragte er.

„Warum vier?"

Er zeigte auf die Bücher in meinen Händen, wobei sich seine eine leicht gehobene Augenbraue noch höher wölbte. „Und um das zu tun." Er stieß sich von der Wand ab, streifte meine Fingerspitzen mit seinen und lehnte sich vor, um seine Lippen sanft über meine streichen zu lassen. Weich und schnell, aber kraftvoll genug, um mir den Atem zu rauben und meinen ganzen Körper mit Hitze zu durchfluten. Als er sich leicht zurückzog, lächelte er und berührte seine Stirn mit meiner. „Ich habe darauf gewartet, das zu tun, bis es dir besser geht."

„Du hast keine Angst, dass ich dich umbringen werde?" Ich senkte meinen Blick auf seine Lippen, mein Herz drängte zu ihm hin. Es kostete mich alle Willenskraft, es zurückzuhalten, mir nicht zu wünschen, dass er das noch einmal tun würde. Und noch einmal.

„Nicht heute." Er grinste und enthüllte dabei seine Grübchen, bevor er meinen Stapel Bücher nahm und in Richtung des Klassenzimmerflurs eilte. „Triff mich in fünf Minuten im Versammlungsraum."

„Du hast vier gesagt", rief ich ihm nach.

Er hielt an, drehte sich mit dem Rücken zur Tür um und zwinkerte. „Verbring die zusätzliche Minute damit, dir zu wünschen, ich würde dich noch einmal küssen."

Sohn einer Hexe. Wie konnte er mich so gut lesen?

Ich biss mir auf mein Lächeln, aber mein Gesicht verriet mich wie immer. Er nickte und kicherte, als er durch die Türen verschwand. Seufzend fuhr ich mit der Hand an den Steinwänden entlang, um zu versuchen, meine Haut abzukühlen. Er hatte in letzter Zeit meine Gedanken mit dem Klang seiner tiefen, kristallisierten Honigstimme, der Wärme seines Lachens, der Stärke seiner Hand in meiner invaded. Ich wusste nicht, wie es passiert war, aber es war geschehen. Es hätte unmöglich sein sollen, von jemandem, den ich so sehr hasste, dass ich seine Existenz beenden wollte, zu ... diesem zu kommen. Manchmal ertappte ich mich dabei, wie ich in den seltsamsten Momenten grinste und die Minuten zählte, bis ich ihn wiedersah, selbst wenn er sauer auf mich war. Es war er. Es war alles er und wie mühelos er alles machte – sogar mich in ihn verlieben zu lassen, nachdem ich versucht hatte, ihn zu töten. Mein gebrochenes Herz hatte mich zu ihm getrieben, und jetzt schien ich nicht mehr wegbleiben zu können. Er hatte mich irgendwie von Wut und Kummer weg und zu etwas ganz anderem hin geformt. Statt Dunkelheit erfüllte er mich mit der Hoffnung, dass wir trotz allem noch gewinnen würden.

Ich bog um die Ecke in den Versammlungsraum und stieß fast mit dem Kopf voran mit Professor Margo Woolery zusammen.

„Oh!", rief sie aus und fasste sich an den Hals. Ihre kastanienbraunen Wellen glänzten im schwachen Fackellicht. Kleine braune Knöpfe zierten den Kragen ihres ziegelroten Kleides. Sie sah wie immer wunderschön aus, eine perfekte Ergänzung zu Leo, zumindest für mich. Warum hatten sie sich getrennt, und warum hatte er mir nie von ihr erzählt?

„Tut mir leid", sagte ich. „Ich war in Gedanken versunken."

„Geht es Ihnen gut? Sie sehen ganz rot aus."

Verdammt sei Ramsey und seine Lippen. „Gut. Viel besser."

Eigentlich sah sie auch ganz rot aus, und ihre Atemzüge waren laut und abgehackt. Sie warf einen Blick über ihre Schulter, ihr Blick suchte den Boden ab, als hätte sie etwas fallen lassen, und hielt ihre Hand auf ihrer Brust, als versuchte sie, ihr Herz drinnen zu behalten. „Gut, gut. Ich kann Ihnen gar nicht sagen, wie erleichtert mich das macht." Sie schlich an mir vorbei und rannte dann fast in Ramsey hinein, der in der Tür erschien. „Oh! Erinnern Sie mich daran, Ihnen allen Glöckchen umzuhängen." Sie eilte zügig an ihm vorbei.

Obwohl sie mich nicht sehen konnte, zeigte ich auf meine, die um meinen Hals hing, aber natürlich meinte sie das nicht. Stirnrunzelnd blickte ich über den leeren Versammlungsraum und fragte mich, wonach sie gesucht hatte. Sie hatte verängstigt und abgelenkt gewirkt.

Hinter mir räusperte sich Ramsey, seine nach Regen duftende magische Signatur beruhigte mich ein wenig. „Hast du mich vermisst?"

„Schien sie dir in Ordnung zu sein?"

Er stieß sich vom Türrahmen ab, schloss die Türen und schlenderte näher, seine Schritte selbstsicher und lautlos. „Ich nehme das als ein Ja. Ja, du hast mich vermisst."

„Aber war sie es?"

„Wir sind an der Nekromanten-Akademie", sagte er mit einem Seufzen. „Ist hier wirklich jemand in Ordnung?"

„Natürlich nicht."

Er zeigte nach unten. „Die Tür zu den Katakomben ist direkt unter unseren Füßen."

„Es interessiert niemanden, wenn wir da runter gehen?"

„Nicht, wenn sie es nicht wissen", sagte er kichernd.

„Du magst den Nervenkitzel, etwas zu tun, was du nicht sollst, mehr als jeder andere, den ich je kennengelernt habe."

„Falsch. Ich mag den Nervenkitzel, etwas zu tun, was ich nicht soll, *mit dir.*"

Die Art, wie er es sagte, mit diesem Glitzern in seinen Augen, ließ mein Blut schneller pulsieren.

„Du hast Glück, dann. Ich bin definitiv ein Katakomben-Mädchen."

„Ähm..." Er kniete sich hin, um den Steinboden entlang zu fühlen. „Du könntest deine Meinung über diese Katakomben ändern."

„Warum das?"

Ein Teil des Steins gab unter dem Druck seiner Hand leicht nach. Er ergriff einen unsichtbaren Griff und schälte den Stein ab, als wäre er aus Pergament gemacht. Es offenbarte ein quadratisches Loch, das in die Dunkelheit führte. Ein Schwall abgestandener, kalter Luft und Staub wehte heraus.

Er klopfte seine Hände aneinander ab, sein Gesicht grimmig. „Dies sind Nekromanten-Katakomben. Sie sind... gelinde gesagt anders."

„Ja, warum überrascht mich das nicht?" Ich starrte in das Loch hinunter, Unbehagen machte sich in meinem Magen breit.

Noch immer kniend hielt er seine Hände aus und blickte zur Tür des Versammlungsraums. „Du zuerst. Der Boden ist nur ein kleines Stück weiter unten. Ich schließe hinter uns."

Ich hockte mich hin und schwang meine Beine über den Rand, dann ließ ich mich mit seiner Hilfe hinunter. Meine Füße berührten unebenen Grund, und ich versuchte, das Gleichgewicht zu halten, während ich ein dunkelgraues Licht in meiner Handfläche erscheinen ließ. Ich zuckte zusammen, als ich sah, worauf ich stand – ein riesiger Haufen Knochen. Ich hätte nicht überrascht sein sollen, aber trotzdem. Ich ging Ramsey aus dem Weg, als er neben mir hinuntersprang und den Steinboden über unseren Köpfen mit einem weiteren unsichtbaren Griff zurückrollte.

„Woher wusstest du, dass die Tür da war, wenn du sie nicht sehen kannst?", fragte ich.

„Ich wusste, dass sie da war."

„Aber... wie? War sie auf einer deiner Karten?"

„Wenn du unbedingt rein willst, findest du einen Weg. So wie du in diese Schule." Er blickte den steilen Berg hinunter in die Dunkelheit und seufzte. „Komm schon. Der Weg nach unten ist nicht einfach."

Er hatte Recht. Ich rutschte und stolperte den größten Teil des Weges, und als der Berg zu steil wurde, um irgendwie Halt zu finden, rannte ich den Rest. Ramsey kam vor mir an, kaum außer Atem, während ich genug staubige Luft für uns beide einatmete. Sie blieb mir jedoch im Hals stecken, als ich mich umsah. Wir standen in einem großen höhlenartigen Bereich. Die hohe Decke wölbte sich zu einer weißen Kuppel, und in die knochenweiße Wände waren fast bis zur Hälfte kreisförmige Fenster wie Augenhöhlen eingeschnitten. Darunter war, was von einer Nase übrig war, und darunter, etwa drei Meter über uns, erstreckte sich ein breites, zahniges Grinsen.

„Wir stehen in einem riesigen Schädel, oder?" flüsterte ich.

„Ja. Von Menschen geschaffene Tunnel aus anderen Knochen winden sich kilometerweit nach unten und außen", sagte er und beobachtete mich genau.

„Nach unten und außen... Ist das jemandes... Ist das ein echtes Skelett?"

„Es könnte einfach die Form sein, in der die Katakomben gebaut wurden, aber es gibt Gerüchte, dass es das Skelett eines Riesen ist, der vor langer, langer Zeit wegen Nekromantie auf die Eerie-Insel verbannt wurde. Es war nicht immer so akzeptiert wie jetzt."

Ich schnaubte. „Ich würde kaum sagen, dass es akzeptiert ist. Würdest du das? Warst du schon mal in der Stadt hier? Die Leute schauen dich an, als wärst du wandelnder Darmschaum."

Er lachte, der Klang hallte seltsam wider. „Ich habe mich nie als wandelnden Darmschaum gesehen, aber okay. Ich verstehe deinen Punkt, aber mit Ausnahme von Ryze sind wir nicht alle schlecht. Einige sehen unseren Wert, sogar die Stadtbewohner, wenn wir nach einer Dürre Ernten zurückbringen, oder wenn du wirklich talentiert bist, nachdem du ihre einzige Milchkuh zurückgebracht hast, die ihre einzige Einkommensquelle war. Nur weil wir schwarze Magie benutzen, heißt das nicht, dass wir böse sind."

„Das sehe ich jetzt. Vorher hatte ich keine Ahnung, was mich erwartet, aber jetzt glaube ich zu verstehen, warum Leo hier unterrichten wollte. Wie du sah er das Gute."

„Wie du auch", sagte er lächelnd. „Es gibt einen Grund, warum deine Magie grau und nicht schwarz ist. Du benutzt sie immer noch für Gutes."

Ich betrachtete die Magie, die in meiner Handfläche tanzte, und schluckte. Ryze erfolgreich zurückzubringen, hatte sie beträchtlich verdunkelt, und das Schatten-wandern hier unten würde sie noch mehr verdunkeln. Ich müsste sie ausbalancieren, sie grau halten, indem ich Heilzauber und andere weiße Magie benutzte. So ähnlich, wie Morrissey mich gezwungen hatte, meine Magie grau zu halten, als ich Ryze zurückbrachte.

Wir begannen, nach links durch einen Torbogen aus Schädeln zu gehen, unsere Schritte knirschten über Knochensplitter am Boden. Riesige grün leuchtende Würmer schlängelten sich in und aus den klaffenden Kiefern und Augenhöhlen, die gleiche Art, die sich in der Nacht, als Ryze zurückkam, an meinen Knöchel geheftet hatte.

Ich blieb stehen und zeigte darauf. „Vorsicht, nicht drauftreten."

„Ich erinnere mich." Er näherte sich ihnen langsam, den Arm erhoben. „*Habitus.*"

Die Luft knisterte schmutzig weiß um sie herum, und sie verlangsamten sich bis zum Stillstand.

Ich warf ihm einen Blick zu. „Ich hätte sie versteinert, bis sie explodiert wären."

„Deshalb bin ich zuerst zu ihnen gekommen." Er lachte, als wir sicher unter dem Torbogen hindurchgingen, und die Würmer blieben an Ort und Stelle. „Hier unten sind etwa sechzig Millionen Leichen begraben."

Mir klappte der Kiefer herunter. „Sechzig Millionen?"

„Du musst bedenken, dass die Akademie schon lange hier ist, die Eerie-Insel noch länger, aber viele Leute wollten aus einem bestimmten Grund hier begraben werden."

„Um zurückgebracht zu werden." Ich schüttelte den Kopf, unfähig, mir so viele Leichen vorzustellen. „Hat das schon mal jemand gemacht?"

„Du meinst jemand wie Ryze? Nun, ich habe den Kerl nicht wie du getroffen, aber ich stelle mir vor, dass er ein ziemliches Ego hat. Nur weil er es kann, heißt das nicht, dass er es will. Er hat seine Seele selbst auf sechs Steine verteilt. Wenn er dabei Hilfe hatte, war es nicht die wiederbelebende Art."

„Nein, wahrscheinlich nicht. Aber es hätte sein können. Er ist ein talentierter Nekromant."

„Selbst wenn er sie zurückgebracht hätte, was würde er mit ihnen machen? Wir sind auf einer Insel. Was will er tun? Sechzig Millionen Leichen auf ein Boot packen und sie zu seiner Festung in Keptra bringen?"

„Ich nehme an, nicht, aber er würde nicht sechzig Millionen brauchen, oder? Nur ein paar, die seinen Befehlen folgen, und dann nach und nach eine Armee der Toten aufbauen." Es war das, was ich tun würde, wenn ich er wäre. Er müsste etwas anderes tun, um sicherzustellen, dass er seine Seele nicht wieder über sechs Steine verteilen müsste. Er war nicht dumm. Das musste ich ihm lassen. Wir mussten irgendwie dafür sorgen, dass er hierher zurückkam. Ihn vielleicht austricksen, und ich würde ihn an der Tür empfangen, stärker als ich zuvor gewesen war, als wir uns in der Krankenstation gegenüberstanden. Und tödlicher.

Vor uns zog sich ein Pfad durch die Knochensplitter am Boden, als ob etwas hindurchgeschleift worden wäre. Vielleicht ein Sarg, wie der, in dem Ryze begraben worden war.

„Muss ein beliebter Ort sein, um Gegenstände zu sammeln und einen Plan zusammenzustellen, denn sieh", sagte ich und zeigte darauf, „etwas wurde durch genau diesen Tunnel geschleift."

„Morrissey?"

Ich nickte.

„Sie hätte hier unten eine ganze Menge Zähne zum Plündern."

„Ich glaube, sie mag nur frische in den Mündern der Menschen, weil sie ihr zuflüsterten." Eine Welle der Wut ließ meine Zunge bitter werden, als ich die Lücke betastete, wo mein Zahn gewesen war. „So kann sie sie mit allem ersetzen, was sie will."

„Nur ein Feigling würde so weglaufen wie sie." Er sah mich an, sein Gesichtsausdruck ein wütender Donner. „Sie hat Angst vor dir."

Ich trat gegen den Knochenstaub und schickte eine weiße Wolke über meinen Stiefel, während ich die Bitterkeit ihres Verrats herunterschluckte. „Gut so."

Wir schlängelten uns durch weitere Tunnel, der Boden ließ uns allmählich tiefer in das Skelett des Riesen sinken. In einige der knochenweiße Wände waren große Quadrate mit verzierten Knochengriffen eingelassen. Wenn ich zufällig an einem ziehen würde, wäre ich sicher, dass darin eine Leiche läge. Es störte mich nicht, von so viel Tod umgeben zu sein. Wenn überhaupt, fand ich es faszinierend.

„Also die Schatten beginnen wirklich hier unten, eine Konzentration von schwarzmagischen Rückständen, so dick, dass nicht einmal die weißeste Magie den Raum erhellen wird." Ramsey schauderte heftig. „Erinnerst du dich an den Friedhof mit den Käfigen? Die Käfige enthielten die Schatten, die von diesen Gräbern aufstiegen, aber wir spürten sie, dieses kalte, schreckliche Gefühl. Du spürst es jetzt, oder?"

Ich nickte, obwohl ich es nicht tat. Dunkelheit erstickte den Bereich vor uns, aber es fühlte sich überhaupt nicht schrecklich an. Die Dunkelheit hieß mich willkommen, umhüllte mich in einer angenehm kühlen Umarmung, und ich hatte noch nicht einmal begonnen zu schattenwandern.

„Der Stab von Sullivan ist in diesen Schatten versteckt, wette ich. Das ist der Punkt, an dem du ins Spiel kommst, um mir deine praktische Fähigkeit beizubringen. Wortspiel durchaus beabsichtigt."

Ich schnaubte.

Er kam auf mich zu und ergriff meine Hand. „Dann bring es mir bei." Er strich mit seinem Daumen über meine Knöchel und schickte einen Schauer durch meinen ganzen Arm.

Ich grinste. „Du hast die falsche Hand genommen."

„Diese hier gefällt mir besser..." Er fuhr mit seinem Daumen über mein Handgelenk, wo er sicherlich meinen rasenden Puls spüren konnte. „Also nehme ich beide." Seine cremefarbene Magie in seiner Handfläche erlosch und hüllte uns fast in völlige Dunkelheit, da meine dunkelgraue Magie den Weg überhaupt nicht erhellte. Stoff raschelte, als er seine freie Hand in die Tasche steckte. „Was jetzt?"

„Ist deine Totenhand offen?"

„Ja."

Ich schloss meine Augen, als ich seinen Atem über meine Lippen streichen spürte und seine starken Finger die meinen streichelten. Seine Nähe und die einfache Berührung vertrieben die Kälte hier unten, selbst in der Nähe der dichten Schatten. Ich sehnte mich nach ihrem Trost und seinem, gefangen zwischen ihrer Dunkelheit und seinem Licht. Wahrhaft grau.

Ich trat näher an ihn heran und streifte mit meinem Lächeln über sein Kinn, süchtig nach diesem kraftvollen Pulsieren bei jeder Berührung. „Deine Absicht muss so dunkel sein wie meine, damit du Schatten wandern kannst."

Er lachte zittrig. „Ich will den Stab von Sullivan nicht töten."

„Dann denk darüber nach, was er bewirken kann." Ich drückte einen leichten Kuss auf jeden Mundwinkel, und mein Herz jubelte bei jedem ein wenig mehr. „Oder was du damit tun könntest."

„Ich weiß nicht genau, was er bewirkt." Sein Atem wurde unregelmäßig, als ich sein Kinn hinunter küsste. „Er wurde meinem Großvater gestohlen, als er hier Student war. Ich weiß nicht einmal, wie er aussieht. Ein Stab. Das ist alles, was ich weiß."

„Ich bin mir nicht sicher, ob das dann funktionieren wird", sagte ich und ließ meine Lippen über seine warme Haut gleiten. „Die Absicht hinter dem Schatten wandern muss dunkel und spezifisch sein."

„Nun, ich habe gerade eine sehr spezifische Absicht. Das sollte doch zählen." Er ließ meine Hand los, um meine Wange zu umfassen und meinen Kopf für einen tiefen, sinnlichen Kuss zu neigen. Er vibrierte durch meinen ganzen Körper und ließ meinen Puls wild schlagen.

Ich ließ meine Magie in meiner Handfläche aufleuchten, damit ich meine Arme um seine Schultern schlingen und ihn näher ziehen konnte. Wir passten so gut zusammen, dass ich mich nie von dieser Stelle wegbewegen wollte.

„So habe ich mir das Schatten wandern nicht vorgestellt", sagte er zwischen den Küssen.

„Die Vorteile, mich als Lehrerin zu haben."

„In dem Fall werde ich noch viel mehr Hilfe brauchen." Er küsste mich härter, und ich musste mich daran erinnern, Luft zu holen.

„Ist das normal? In Katakomben mit sechzig Millionen Toten knutschen?"

„Du bist zur Nekromanten-Akademie gekommen, um mich zu töten. Normal hat keine Bedeutung mehr. Außerdem mag ich diese Version, wie du mich gerade tötest, viel lieber."

„Stimmt das?" Ich seufzte, als er mit seiner Zunge über meine Unterlippe fuhr.

Er nickte. „Es lohnt sich."

Ich strich noch einmal mit meinen Lippen über seine. Dann ein weiteres Mal für Glück und ließ mein Licht wieder in meiner Handfläche aufleuchten. „Während du deine Totenhand hältst, sag *umbra deambulatio*."

Mit einem benommenen Ausdruck und einem verträumten Lächeln zog er sich zurück und steckte seine Hand in die Tasche. „*Umbra deambulatio*."

Nichts geschah. Er war immer noch der gleiche warme, solide Ramsey wie zuvor.

Seufzend ließ er seine Magie ebenfalls wieder in seiner Handfläche aufleuchten, die cremefarbene Farbe betonte die Anspannung in seinem Kiefer. „Nun, einen Versuch war es wert."

„Ich werde ihn finden." Ich steckte meine Hand in meine Tasche und umfasste die offene Hand des Mörders, die mich in die Schatten führen würde.

„Aber die Absicht–"

„*Umbra deambulatio*." Ich löste mich in einen Schatten auf, nichts als ein schwarzer Fleck auf dem weißen Knochenboden. Hinter mir drängten die kriechenden Schatten näher, als wollten sie mich in sich hineinziehen. Ihre dunklen Lächeln prickelten in meinem Bewusstsein, aber ich ignorierte sie. Ich konzentrierte mich nur auf den Mann vor mir, erhob mich vor ihm und neckte ihn, indem ich mit meinen Schattenfingern seine Arme hinaufstrich.

Er erschauderte, als er auf mein Schattenselbst starrte, das in voller Größe vor ihm stand. „Ich sehe dich. Deine Gestalt. Ich spüre, wie kalt du bist."

Seine Stimme hatte einen scharfen Unterton. Ich konnte erkennen, dass ihm das nicht gefiel und er es lieber sähe, wenn ich nicht mit diesen dunklen Schatten flirten würde, aber dies war der einzige Weg, den Stab zu finden und seine Familie zu retten.

Ich glitt an ihm vorbei, drehte mich dann um und wartete darauf, dass er mir folgte.

Widerwillig tat er es. „Das ist gefährlich. Ich würde es viel lieber selbst machen, damit du es nicht tun musst. Das Schatten wandern ist zu dunkel, und sie könnten beschließen, dich nicht wieder gehen zu lassen."

Es war gefährlich, aber es fühlte sich gut an, wie ein Wiedersehen mit Freunden nach langer Zeit. Es war eine Erleichterung, wieder eine Totenhand in meiner Tasche zu haben.

Ich drehte mich um und glitt tiefer in die Schatten zu einer Knochenwand mit quadratischen Löchern, groß genug, um einen Sarg hindurchzuschieben. Leere Gräber, vermutete ich, aber wo waren die Körper jetzt?

Ramsey machte kaum ein Geräusch hinter mir, als er mit seiner in seiner Handfläche flackernden Magie näher kam. Ich brauchte sein Licht nicht. Schatten tropften an den einst strahlend weißen Knochen herab und vermischten ihre extreme Dunkelheit mit meiner. Alles andere, was sich darin verbarg, wie ein Stab, würde hervorstechen. Wenn er allerdings in einem dieser Millionen von Gräbern versteckt war–

Mein Schattenselbst erstarrte und stoppte mein Vorwärtskriechen auf dem Boden. Durch das Loch in der Wand war etwas mit dem Rascheln eines schwarzen Umhangs vorbeigeglitten. Wir waren hier unten nicht allein.

KAPITEL SIEBEN

SCHNELL FORMTE ICH MICH ZURÜCK, und die Schatten zerrten mich hart an meinen Schultern und Haaren, um mich wieder hineinzuziehen. Ich riss mich von ihnen los und warf einen Blick auf die anderen Löcher in den Wänden und dann zu Ramsey. Er starrte mit weit aufgerissenen Augen.

Ich legte meinen Finger an die Lippen und lauschte. Die Glocke um meinen Hals, die anzeigte, dass jemand in der Nähe wiedererlebte, blieb still. Diese Person war lebendig.

„Jemand ist hier", formte ich lautlos mit den Lippen zu Ramsey und zeigte auf das Ende der löchrigen Wand. Sie müssten dort auftauchen, es sei denn, sie kehrten um oder der Tunnel verzweigte sich irgendwo anders.

Ramsey hielt sein Licht vor sich, während er mit intensiver Entschlossenheit zum Ende der Wand starrte.

„Ist da jemand?", rief er, und seine Stimme hallte zu uns zurück.

Schweiß machte meine Handflächen glitschig, und mein Magen zog sich zusammen. Kurz überlegte ich, mich wieder in einen Schatten aufzulösen, um mich an die Person heranzuschleichen und ihr zu folgen, um zu sehen, was sie vorhatte, aber das würde bedeuten, Ramsey allein zu lassen. Nicht, dass er sich nicht selbst verteidigen könnte, aber trotzdem. Außerdem hing diese Person vielleicht einfach nur rum ... ohne Licht und anscheinend ganz allein in den Katakomben. Ganz zu schweigen davon, dass wer auch immer es war, Ramsey noch nicht geantwortet hatte.

Ramsey und ich machten einen einzelnen Schritt aufeinander zu, so leise wie möglich, dann noch einen, unsere Blicke fest auf das Ende der Wand gerichtet. Würden sie gleich für einen Überraschungsangriff hervorspringen? Ich hatte meinen Dolch in meinem Stiefel und rostige lateinische Zaubersprüche in meinem Kopf. Was konnte schon schiefgehen?

Wir warteten.

Die Wand war nicht einmal so lang, vielleicht sechs Meter hinter der Stelle, an der ich die Person zuerst gesehen hatte, aber ich hatte keine Ahnung, wohin der Weg dahinter führte. Ich griff nach Ramseys Umhang und zog daran. Wir konnten diesen Ort verlassen, irgendwo anders hingehen, wo es weniger überfüllt war.

Jemand wirbelte hinter der Wand hervor, die Hände über dem verhüllten Kopf erhoben.

„*Occidere*", riefen sie mit einer Stimme, die weder männlich noch weiblich war.

Grüne Flammen, durchzogen von sich windenden schwarzen Adern, brachen aus ihren Handflächen hervor und schleuderten auf uns zu.

Wir wichen in entgegengesetzte Richtungen aus.

„*Reducere*", schrie Ramsey.

„*Obrigesunt*", rief ich gleichzeitig, und ein dunkelgrauer Ball schoss aus meiner Handfläche.

Die Gestalt duckte sich wieder hinter die Wand.

Ramsey packte mein Handgelenk, und wir rannten einen anderen Tunnel hinter uns hinunter und tiefer in die Katakomben. Wir hörten nicht auf zu rennen, beide riskierten wir Blicke über unsere Schultern, und selbst als es schien, dass wir nicht verfolgt wurden, hörten wir nicht auf. Schmerz stach in meine Seite. Meine schweren Atemzüge brannten in meinen Lungen. Als wir uns durch immer mehr Tunnel wanden, konnte ich es nicht länger ertragen und brach an einer Wand zusammen.

Ramsey stützte seine Hände auf die Knie und beugte sich vor, nach Luft schnappend. „*Occidere* bedeutet töten. Wer auch immer das war, versucht uns umzubringen."

„Das hab ich mir schon gedacht", sagte ich zwischen Keuchen.

„Aber warum? Weil wir hier unten sind? Noch nie hat jemand versucht, mich hier unten umzubringen."

„Vielleicht liegt es daran, dass ich durch Schatten gehen kann. Vielleicht wollen sie nicht, dass du den Stab von Sullivan findest", sagte ich und hielt meine Stimme leise. „Bist du sicher, dass du nicht weißt, was er bewirkt?"

„Er ist die Quelle der Magie meiner Familie. Vor langer, langer Zeit waren die Sullivans nur Menschen, keine Magier, ohne jegliche Magie. Der Stab wurde meinem Ururgroßvater dafür gegeben, dass er die Tochter eines Kriegers gerettet hat. Ein Fluch eigentlich, denn Menschen sind zu zerbrechlich, um Magie zu haben, und dann diese Magie weggenommen zu bekommen ... Es entkräftet sie langsam. Der Stab hat eine Menge magischer Eigenschaften, von denen ich nichts weiß. Ohne ihn werden wir schwächer. Ohne ihn" – er lehnte sich an die Wand und vergrub den Kopf in den Händen – „werden die Sullivans einen schmerzhaften Tod sterben."

Meine Brust schmerzte für ihn. Ich wusste, was das Fehlen des Stabes seiner Familie antat. Ich hatte seine beiden kranken kleinen Schwestern in der Kristallkugel gesehen, die er mir gegeben hatte. Die Verantwortung, sie zu retten, erdrückte ihn.

„Meine Eltern haben mir ihre Magie gegeben – so viel sie konnten – bevor sie mich hierher geschickt haben." Mit einem schweren Seufzer richtete er sich wieder auf und sah mich an, sein Kiefer angespannt, Entschlossenheit blitzte in seinen gewittersturmfarbenen Augen auf. „Selbst wenn es mich umbringt, ich muss es versuchen, was bedeutet, dass du mir nicht mehr helfen kannst."

„Wie willst du ihn dann finden?", fragte ich sanft.

„Ich werde weiter üben, durch Schatten zu gehen."

Üben würde ihm nichts nützen. Wenn jemand versuchte, ihn daran zu hindern, den Stab zu bekommen, würde ich ihn nicht allein hier runterkommen lassen. Ich würde ihm folgen. Oder besser noch, selbst als Schatten hierher kommen und ihn selbst finden.

Anscheinend mit großer Anstrengung stieß er sich von der Wand ab. „Lass uns geh-"

Meine Glocke begann zu läuten. Ich erstarrte, ein heftiger Schauer lief mir über den Rücken.

Ramsey blieb neben mir stehen und spannte seinen Kiefer an, während er unsere Umgebung absuchte. „Nicht wirklich überraschend."

Er hatte Recht. Natürlich gab es hier unten Wiedergänger, aber das hieß nicht, dass ich es mögen musste. Oder dass ich mich darauf vorbereitet hatte. Ich kniff kurz die Augen zusammen und zwang mein Rückgrat gerade, während die Glocke weiter läutete.

„Lass uns weitergehen", flüsterte er. „Wir können umkehren und hier rauskommen."

Als wir uns weiter vorwärts bewegten, verengten sich die Tunnelwände beträchtlich und zwangen uns zeitweise, seitwärts hindurchzurutschen. Ich hasste es, mich so eingeengt zu fühlen. Es fühlte sich an, als würde ich lebendig begraben werden.

Meine Glocke läutete weiter. Mein Herz hämmerte gegen meine Rippen, als ich mich um die nächste Biegung und die übernächste quetschte, in der vollen Erwartung, dass ein Wiedergänger frontal auf mich zustürmen würde.

„Vielleicht hättest du doch vorangehen sollen?", murmelte ich. Meine Augen fühlten sich an, als würden sie meinen Kopf verschlingen, so weit waren sie aufgerissen, in dem Versuch, so viel wie möglich von meinem dunklen Licht aufzunehmen, damit ich vor mir sehen konnte.

„Da bin ich anderer Meinung." Seine Atemzüge rasselten dicht an meinem Ohr.

„Warum?"

„Ich kann etwas hören, das sich bewegt. Ich glaube, was auch immer deine Glocke zum Läuten bringt, ist direkt hinter uns."

In meinem Kopf schrillten die Alarmglocken. Ich dachte schmale Gedanken, verstärkte meinen Griff um seine Hand und zog ihn noch schneller mit mir.

„Kennst du den Zauberspruch?", quiekte ich. „Den Spruch, der sie wieder tötet?"

„Hatte noch nie die Gelegenheit, ihn auszuprobieren, aber ich werde es gleich herausfinden", flüsterte er, „denn es holt uns ein."

Oh Götter. Die Knochenwände drängten sich noch enger zusammen und machten das Vorwärtskommen noch langsamer. Wir mussten die Luft anhalten und praktisch aufhören zu atmen. Wir konnten nicht den Weg zurückgehen, den wir gekommen waren, also was, wenn wir stecken blieben? Die Einzigen, die uns schreien hören könnten, waren tot. Oder nicht tot, was noch schlimmer war.

Ramseys Griff lockerte sich, und er schrie auf.

Ich drehte meinen Kopf ruckartig zu ihm zurück, die Knochenwand vor mir so nah, dass sie über meine Nase schrammte. „Was ist los?"

„Ich stecke fest." Panik zeichnete sich auf seinen Gesichtszügen ab, als er seine breiten Schultern zwischen den beiden Wänden hin und her wand und Blicke hinter sich warf.

„Nein." Ich weigerte mich, das zu glauben. Ich zerrte an seinem Arm, aber er bewegte sich nicht. Vor uns bogen sich die Wände erneut, möglicherweise in eine noch engere Spalte. Und hinter uns, über dem Läuten der Glocke, kratzte etwas über die Wände, wie Knochen auf Knochen. Es kam näher.

„*Revertere ad mortem*", rief Ramsey, aber es bewirkte nichts. Das Läuten und das Kratzgeräusch gingen weiter.

Aus meinem begrenzten Blickwinkel konnte ich nichts sehen, also schob ich mich rückwärts zu ihm, befreite mich aus Ramseys Griff und schob meine Hand durch den kleinen Spalt zwischen seinem Hals und Kiefer. „*Revertere ad mortem.*"

Nichts. Das Kratzen kam näher. Es könnte nicht einmal ein Wiedergänger sein. Es könnte wer auch immer hier unten mit uns war sein, bereit mit einem weiteren Tötungszauber. Und Ramsey würde nicht in der Lage sein, ihm auszuweichen.

„Teleportier dich hier raus", flüsterte ich.

Er drehte seinen Kopf ruckartig zu mir und starrte mich an, als wäre ich verrückt. „Nicht ohne dich."

„Ich stecke nicht fest. Ich komme gut raus. Geh einfach", zischte ich.

Er presste seine Lippen zusammen, seine Schultern hoben sich keuchend. „In Ordnung. Ich werde im Inneren des Schädels auf dich warten. Geh nicht zurück, um zu sehen, wer hinter uns ist. Geh vorwärts, finde einen neuen Tunnel und verirre dich nicht." Er zog mich zu sich und gab mir einen rauen, kurzen Kuss. „*Evanescet.*"

Er verschwand.

Ich starrte auf die Stelle, wo er gewesen war, meine Lippen kribbelten noch immer. Über die Geräusche der Glocke und des Kratzens hinweg kam ein neues Geräusch, ein seltsames Klopfen vom anderen Ende des Tunnels. Jemand – oder etwas – anderes kam. Und ich saß in der Mitte fest.

Mein Ellbogen stieß hart zwischen die beiden Wände, als ich meine Hand in meine Tasche steckte und die Knochenfinger umfasste. „*Umbra deambulatio.*"

Ich löste mich in einen Schatten auf und kehrte den Weg zurück, den wir gekommen waren. Vielleicht konnte ich mich direkt an demjenigen vorbeischleichen, der hier bei mir war. Ich schlich am Boden entlang, die Geräusche aus beiden Richtungen wurden lauter.

Dann sah ich, was direkt auf mich zukam. Nichts als Knochen mit einem Schädel, der in einem falschen Winkel auf seiner Wirbelsäule wackelte. Es starrte mit einer Leere, die über seine Augenhöhlen hinausging, die mich bis ins

Mark erschütterte. Es gab nicht viel Platz, um daran vor-
beizugleiten, aber ich würde mein Bestes geben. Sobald
ich jedoch unter seinem schwingenden Kopf hindurch-
schlüpfte, beugte es sich und packte mich. Es packte mich
als Schatten. Außer dass das nicht möglich war. Man konnte keinen Schatten packen.

Meine Panik stieg, ich wich ruckartig zurück, ergoss
mich wie verschüttete Tinte den Tunnel entlang. Gerade
genug, um mir etwas Zeit zu erkaufen, dann versuchte ich,
mich in mein wahres Ich zurückzuverwandeln. Oder ich
versuchte es zumindest. Die Schatten zerrten und zogen,
weigerten sich, mich aus ihren Klauen zu lassen.

Hinter mir wurde das Klopfen lauter und schneller. Vor
mir stürzte sich das wiederbelebte Skelett erneut auf mich.
Ich stöhnte vor Anstrengung, mich zu befreien, aber die
Schatten gaben nicht nach.

„*Revertere ad mortem*", schrie ich. War das nicht der
Spruch, den Ramsey gesagt hatte? Es bewirkte rein gar
nichts.

Das Skelett kam weiter. Genauso wie das Ding hinter
mir. Die Schatten hielten mich immer noch fest, und ich
konnte nicht einmal eine Hand freibekommen, um einen
Versteinerungszauber zu wirken. Es war fast über mir.
Dem Geräusch nach zu urteilen, war das Ding hinter mir
es auch.

Mit zusammengebissenen Zähnen kämpfte und zog ich. Ich gewann zentimeterweise von mir selbst zurück und prallte wild zwischen den beiden Wänden mit schmerzender Kraft hin und her.

Die leeren Augenhöhlen des Skeletts fixierten meine Augen. Es griff nach meinem Kopf.

Endlich riss ich mich los. Ohne zu zögern, zog ich den Dolch aus meinem Stiefel und stieß nach oben. Die Klinge drang harmlos zwischen zwei Rippen ein. Als meine Faust eine Sekunde später die Rippen traf, durchschlug ich den Knochen. Das Ding zersplitterte und löste sich in Knochenfragmente auf.

Von hinten schlängelte sich etwas in mein Haar, zog sich schmerzhaft zusammen und schmetterte meinen Kopf gegen die Wand.

Ich schrie auf und stolperte vorwärts. Noch immer Sterne sehend, beschleunigte ich und wagte einen Blick zurück. Ein weiterer Reliver jagte mich, dieser mit verfaultem, fädrigem Fleisch, das sich zwischen Kiefer und Wangenknochen spannte. Es würde mich töten, der schreckliche Schmerz in meinem Kopf war der Beweis dafür.

„*Obrigesunt*", rief ich und zielte nach hinten. Aber meine graue Magie prallte von der Wand ab. Ich konnte nicht anhalten, um zu zielen. Es kam zu schnell.

Ich stürmte in die kleine Höhle, wo Ramsey und ich zuerst gelernt hatten, dass wir hier unten nicht allein waren. Ich war fast bei dem Schädel, wo Ramsey auf mich warten würde.

Aus den Schatten trat die verhüllte Gestalt vor mich.

Verzweiflung verdrehte mich. Ich verlangsamte, als alles in mir schrie. Der Reliver hinter mir beschleunigte sein Tempo und holte mich schnell ein. Tod vor mir und Tod hinter mir.

„*Occidere*", zischte die verhüllte Gestalt und schleuderte schwarzgeäderte grüne Kugeln aus ihren Handflächen direkt auf meinen Kopf.

Im letzten Moment warf ich mich zu Boden. Die Kugel flog über mich hinweg, krachte in den Reliver, und Knochen explodierten überall.

„*Reducere*", schrie Ramsey gleichzeitig von irgendwo unsichtbar.

Die verhüllte Gestalt löste sich in wirbelnden schwarzen Nebel auf, und hinter der Stelle, wo sie gestanden hatte, stand Ramsey. Bleicher als ich ihn je gesehen hatte, stürmte er vor, packte meine Handgelenke und zog mich auf die Füße.

Mit festem Griff an mir rannten wir aufwärts zum Schädel und zum Ausgang. „Genug von den Katakomben für einen Tag?"

Ich schluckte meine Erleichterung hinunter. „Ja, das war mehr als genug."

KAPITEL ACHT

PROFESSORIN MARGO WOOLERY STARRTE uns alle im Kurs „Tod, Sterben und Wiederleben" an, als sie am Ende einer düsteren, langatmigen Warnung dramatisch innehielt. „Deshalb solltet ihr niemals, niemals Nekromantie mit Met-Trinken mischen."

„Wegen des Alkohols?", fragte ein Erstsemester in der ersten Reihe.

Die Professorin schnalzte mit der Zunge und schloss kurz die Augen, da ihre Ausführungen der letzten Stunde offenbar nicht angekommen waren. „Nein, Ferris. Wegen des Honigs im Met. Er funktioniert gut bei weißen Zaubersprüchen, aber nicht bei der Nekromantie aufgrund seiner klebrigen Eigenschaften, besonders im Met, wie ich gerade erklärt habe. Nekromantische Zaubersprüche können nach dem Met-Trinken an deiner Zunge kleben bleiben und dich dazu bringen, sie jedes Mal zu wiederholen, wenn du den Mund öffnest, so wie es Mr. Wallace Tister passiert ist, von dem ich Ihnen gerade erzählt habe. Haben Sie wieder mit offenen Augen geschlafen, Ferris?"

Er kratzte sich mit seiner Feder an der Schläfe und zuckte mit den Schultern.

„Vierseitige Aufsätze über andere Speisen und Getränke, die während der Ausübung von Nekromantie vermieden werden sollten, bis morgen, alle zusammen. Ich möchte dieses Mal durchdachte, vollständige Arbeiten sehen." Sie klopfte auf den Tisch vor Echo und warf ihr einen bedeutungsvollen Blick zu. „Nicht wie beim letzten Mal."

Ich konnte Echos finstere Miene spüren, ohne sie anzusehen, als würde sie versuchen, das freundliche Lächeln von Professorin Woolery zu durchbrechen. Es funktionierte nicht.

Während der Rest der Klasse seine Sachen zusammenpackte und aufstand, richtete sie ihr Lächeln auf mich. „Dawn, könnte ich Sie kurz sprechen?"

Ich unterdrückte ein Stöhnen und kämpfte darum, mein Gesicht ausdruckslos zu halten, während sich mein Inneres zusammenkrampfte und starb. Nein, ich wollte nicht über Leo oder die Schularbeiten reden, bei denen ich wusste, dass ich im Rückstand war, oder über irgendwelche meiner vergangenen Traumata oder Fehler. Trotzdem stand ich von meinem Platz auf und überquerte den Mittelgang in ihre Richtung, während Jon und Echo im Gang hinter mir lauschten.

Die Professorin neigte den Kopf, um mich mit freundlichen Augen anzusehen, ihr Lächeln unverändert. „Wie geht es Ihnen?"

„Besser als Mr. Wallace Tister?"

Sie lachte, ein so angenehmer Klang. Ich wünschte, ich hätte sie gekannt, als sie und Leo zusammen waren. Ich hatte mich immer gefragt, wie es wäre, eine ältere Schwester zu haben, und sagte Leo das oft, besonders als ich klein war und besonders wenn er etwas tun durfte, nur weil er ein Junge war. Wie Holz hacken. Ich wollte immer helfen, aber offenbar vertraute mir niemand eine Axt an.

Ich wünschte, du wärst meine Schwester, hatte ich ihm mehr als einmal gesagt, als ich etwa sechs oder sieben war.

Nun, ich wünschte, du würdest mal ab und zu nach einem Bad riechen. Er tippte mir von hinten auf die Schulter, und als ich mich umdrehte und niemanden sah, tanzte er lachend um mich herum. *Ich schätze, keiner von uns wird seine Wünsche erfüllt bekommen.*

Ich habe gebadet, äh... Nun, da hatte er mich erwischt, da ich mich nicht genau erinnern konnte, wann. *Wünschst du dir nicht, ich wäre dein Bruder?*

Nee, Keks. Dann wärst du nicht du. Er hatte dann gelächelt, und ich hörte danach auf zu quengeln.

War ich jetzt ich selbst, hier an dieser Akademie statt an der Akademie für Weiße Magie, wo ich über die Gefahren der Vermischung von Nekromantie mit Met lernte?

„Dawn?"

Ich blinzelte und sah Professorin Woolery mit hochgezogenen Augenbrauen vor mir, als hätte sie auf eine Antwort gewartet. „Tut mir leid, was?"

„Gibt es irgendetwas, was ich für Sie tun kann? Irgendwelche Fragen, die ich zu Ihren fehlenden Aufgaben beantworten kann?"

Alles in mir sackte zusammen. „Nein. Ich habe alles im Griff."

„Das freut mich zu hören", sagte sie. „Ich freue mich darauf, Ihre Arbeiten zu lesen."

Ich nickte, blickte nach unten, und etwas flatterte aus der Hand der Professorin. Schnell, bevor ich sehen konnte, was es auf dem Boden war, bewegte sie ihren braunen Schnallenschuh, um es zu verdecken. Ich riss meinen Blick wieder zu ihrem hoch, aber sie tat so, als wäre nichts passiert. Was war das? Und warum hatte sie es versteckt?

Sie zeigte hinter mich zur Klassentür. „Wenn Sie alles unter Kontrolle haben, gehen Sie besser zu Ihrer nächsten Stunde."

„Okay. Bis dann, Professorin." Ich drehte mich um, mein Nacken kribbelte.

Sie beobachtete mich. Ich konnte es spüren. Wie konnte jemand nach allem, was passiert war, so konstant wunderschön und glücklich sein? Worüber konnte sie sich freuen? Die Tatsache, dass Ryze zurück war? War sie irgendwie involviert? War das ein Todescharme, den sie unter ihrem Schuh versteckt hatte, den sie auf den Boden fallen gelassen hatte, anstatt in meine Tasche?

Jon und Echo standen wie Wächter im Mittelgang, und beide mussten etwas von meinem offenen Gesicht ablesen. Echo warf der Professorin einen finsteren Blick zu, und Jon griff hinter seinen Rücken, ich wusste nicht wonach. Ich sammelte mein Pergament ein und riskierte einen weiteren Blick auf die Professorin unter meinen Wimpern hervor. Sie hatte sich nicht bewegt, ihr freundliches Lächeln wie in ihr Gesicht gemeißelt. Sie verbarg auch dahinter etwas. Vielleicht war sie der Gestaltwandler, oder vielleicht war der Gestaltwandler in diesem Moment sie.

Wir drei kamen schnell von dort weg. Draußen im Flur, in sicherer Entfernung, murmelte ich: „Was wissen wir wirklich über sie?"

„Sie liebt es, Forschungsarbeiten aufzugeben?", bot Jon an.

„Lächerlich hohe Erwartungen?", sagte Echo gleichzeitig.

„Als ich mit ihr sprach, fiel etwas aus ihrer Hand, und sie versteckte es. Ich konnte nicht erkennen, was es war. Vielleicht ein Todescharme. Überprüft eure Taschen." Während sie ihre durchsuchten, ergriff ich die offene Hand des toten Mannes. Ich könnte als Schatten wieder hineinschlüpfen und alles entdecken, was sie verbarg. Sie würde nicht einmal merken, dass ich da war.

„Keine Charme", sagte Echo.

Jon zuckte mit den Schultern. „Bei mir ist alles gut."

„Okay... hört zu." Ich blickte über meine Schulter und erschrak fast zu Tode.

Sie folgte uns, immer noch lächelnd, während sie die vorbeigehenden Studenten grüßte. Doch dann gab es eine Lücke in der Menge, und ihr Lächeln verschwand, als sie wieder geradeaus blickte. Direkt auf mich.

Ich drehte mich wieder um und beschleunigte meine Schritte. „Schaut nicht hin, aber sie ist direkt hinter uns."

„Sie wird in einem überfüllten Flur nichts versuchen", sagte Echo.

„Unfälle passieren", sagte ich und dachte an Vickie. Ihr Mord war kein Unfall gewesen.

„Dann gehen wir eben in unseren nächsten Unterricht", zuckte Jon mit den Schultern. „So tun, als wäre nichts."

Echo warf ihm einen Blick zu. „Wie praktisch von dir."

„Danke. Das hatte ich sowieso vor", sagte er und überhörte ihren Sarkasmus oder entschied sich, ihn zu ignorieren.

Symbologie war im ersten Stock. Als wir die Treppe hinuntergingen, schaute ich wieder über meine Schulter – und erstarrte fast. Sie war fast bei uns, so nah, dass mein wallender Umhang ihren fast berührte. Ihre Hand war auch in ihrer Tasche. Was hatte sie da drin? Ein Zwillingsauge zum Hautwandeln? Ein Messer? Sie lächelte wieder vorbeieilenden Studenten zu, und ihr Blick streifte mich. Ich drehte mich sofort wieder nach vorne und lenkte uns schnell nach links, aus ihrem Weg.

Wir eilten zum Symbologie-Raum, mein Rücken kribbelte vor ihrer Nähe. Sie war direkt hinter uns, obwohl der ganze Flur zum Gehen zur Verfügung stand. Wir stürzten in den Klassenraum, und ich wirbelte herum, in der Erwartung, dass sie uns hinterherstürmen würde. Aber die Tür knallte vor meiner Nase zu.

„Na?" krächzte eine Stimme zu meiner Rechten. Es war Professor Schildkröte – eigentlich Professor Pein –, seine Schultern gebeugt, als trüge er das Gewicht eines Panzers. Er war so alt, dass ich erwartete, er würde Staub ausatmen.

„Setzt euch. Ich habe buchstäblich nicht den ganzen Tag Zeit."

Ich warf noch einen Blick auf die Tür vor meiner Nase und ging im Kopf eine Liste von Ausreden durch, um wieder hinauszukommen und Professor Woolery zu folgen.

„Wenn du glaubst, du kannst hier raus, versuch's", krächzte er, als er die lange Strecke zum vorderen Teil des Raums zu seinem Schreibtisch antrat. „Tatsächlich ist eure Aufgabe heute, ein Gegensymbol zu dem zu finden, das die Tür während der eineinhalb Stunden, die ich euch für den Unterricht habe, schließt und verriegelt. Profi-Tipp – ihr werdet es an der Decke finden."

Die Klasse – alle fünfzehn von uns – legten die Köpfe in den Nacken und noch weiter zurück. Die Decke ragte etwa vierzig Fuß über uns und war mit quadratischen Steinen bedeckt, in die verschiedene Symbole eingraviert waren. Hunderte davon.

Professor Schildkröte kicherte, nachdem er nur zwei Schritte näher an seinen Schreibtisch herangekommen war. „Viel Glück."

NICHT ÜBERRASCHEND, DASS WIR das Symbol
nicht fanden. Aber wir kamen am Ende des Unterrichts
eilig raus. Professor Woolery war natürlich längst weg, und
wir sahen sie für den Rest des Morgens oder Nachmittags
nicht mehr.

Auf dem Weg zu P.P.E. – das jetzt draußen statt in der
Turnhalle stattfand – passierte noch etwas Merkwürdiges.
Wir gingen den Flur entlang, als Ramsey am anderen Ende
meinen Blick auffing. Er trug sein schiefes, grübchen-
verziertes Lächeln, das bedeutete, dass er etwas im Schilde
führte. Mit der Hand auf dem Türknauf eines Klassenzimmers nickte er mit dem Kopf, dass ich ihm hinein folgen
sollte.

Nur spürte ich seine magische Signatur nicht durch unsere Blutsbindung.

„Hey, ich hol euch zwei draußen ein", sagte ich, unfähig,
meinen Blick von Ramsey abzuwenden.

Jon und Echo nickten, kaum dass sie ihre ern-
sthafte Diskussion darüber unterbrachen, ob eine Gor-
lab-Sumpfbestie Flügel haben sollte oder nicht. Nebenbe-
merkung, sie haben keine, und ich muss den Teil verpasst haben, wo sie beschlossen, dass sie beide ein Mit-

spracherecht bei der Biologie der Bestie haben sollten. Trotzdem war es liebenswert seltsam von ihnen.

Sie gingen voraus, während ich mich an den Raum heranschlich, in dem Ramsey verschwunden war. Immer noch keine Spur seiner magischen Signatur. Es musste der Hautwandler sein, aber er musste nicht wissen, dass ich das wusste.

Vor der geschlossenen Tür bückte ich mich, um meinen Dolch aus meinem Stiefel zu holen und verbarg ihn unter meinem Ärmel. Der Gedanke an Rache brannte entlang meiner Nerven und ließ meinen ganzen Körper zittern. Mit dem Herzen, das mir bis zum Hals schlug, drehte ich den Knauf. Die Tür öffnete sich lautlos in einen fackelbeleuchteten Klassenraum voller Tische und Stühle. Leer bis auf Ramsey. Er stand mit dem Rücken zu mir mitten im Gang und blickte zur gegenüberliegenden Wand. Genau wie Seph früher in der Turnhalle... als sie nicht Seph war.

„Hey, brauchtest du was?" Meine Stimme klang ruhig und beherrscht. Ein kleiner Sieg, wirklich, da der Drang, den Mörder meines Bruders anzugreifen, durch Muskeln und Knochen brannte und meinen Mund mit Asche füllte. Ich umklammerte meinen Dolch fester und schloss die Tür hinter mir, zwang mein Gesicht zur Ausdruckslosigkeit, bevor ich mich umdrehte. Der echte Ramsey hätte ohnehin keine Schwierigkeiten gehabt, es zu lesen.

„Komm her", sagte der Hautwandler und klang genau wie er. „Ich will dir etwas zeigen."

Ein Messer, so scharf wie meins, vielleicht? Dasselbe Messer, mit dem er Leo getötet hatte?

Ich bohrte meinen Blick durch seinen schwarzen Umhang, während ich mich näherte, und in meinem Hinterkopf arbeitete es. Ich hatte hier den Vorteil. Nicht er. Zeit herauszufinden, wer der Hautwandler wirklich war.

Meine Lippen verzogen sich zu einem wahnsinnigen Grinsen, und ich hob meinen Arm, die Handfläche nach oben. „*Obrig-*"

Die Tür flog hinter mir auf, und ein an den Lippen verbundenes Pärchen stolperte herein.

Ich riss meinen Kopf von ihnen zurück zum Hautwandler. Weg. Verschwunden.

„NEIN!" schrie ich. Frustrierte Tränen brannten in meinen Augen, als ich mich zu dem Paar umdrehte. „Raus. Hier."

Sie lösten sich voneinander und stolperten zur Tür hinaus, und ich brach auf dem Boden zusammen, eine brodelnde, verdrehte Masse aus Wut.

SPÄTER AN DIESEM TAG IN UNTOTEN Botanik
wären einige von uns beinahe gestorben. Schon wieder.
Ob es daran lag, dass wir Erstsemester waren oder an Ryzes
Einfluss auf die Magie seit seiner Rückkehr, ich wusste es
nicht.

„Adhuc plantabis vixeritis", sagten alle Erstsemester zu
den toten Ranken, die auf ihren Tischen lagen.

Aus Jons Ranke sprossen funkelnde grüne Blätter und
rote Beeren. Meine blieb tot. Echos und die der restlichen
Klasse jedoch... Nun, ihre Ranken erwachten tatsächlich
zum Leben. Nachdem sie sich langsam entwirrt hatten,
schlugen ihre toten Ranken wie Schlangen zu. Sie griffen
ihre Hälse an, schlangen sich darum und drückten zu.

„Echo!", rief ich, als ihre Ranke sie aus ihrem Sitz riss.
Sie und meine anderen Klassenkameraden auch, außer Jon
und mir.

Es geschah alles so schnell. Ihre Beine zappelten wild,
während sie an den Ranken kratzten, die sie würgten, ihre
Gesichter begannen sich rot zu färben. Immer höher wurden sie gezogen, während die anderen Enden ihrer Ranken
sich um die Querbalken an der Decke schwangen.

Professor Lipskin sprang auf, breitete seine Hände aus und rief: „*Plantabis illos in.*"

Die Ranken ließen sie los und sie fielen schnell herab.

„*Tarda*!"

Sie sanken langsam zurück auf ihre Plätze. Echo rieb sich den Hals und nickte uns zu, dass es ihr gut ging. Die toten Ranken schwangen über unseren Köpfen im gleichen spöttischen Rhythmus. Meine lag wie ein Haufen Versagen vor mir, aber das war besser als gehängt zu werden. Außerdem fiel es mir schwer, mich um irgendetwas zu kümmern, seit ich meine Chance verpatzt hatte, den Gestaltwandler anzugreifen.

Jon begann, seine lebendige Ranke auf seinen Schoß zu nehmen, als wolle er sie verstecken, aber ich streckte meinen Arm aus und hielt ihn auf.

„Steh zu deiner Großartigkeit", flüsterte ich. „Wenn es jemand verdient hat, dann du."

Er grinste und ließ seine Ranke auf dem Tisch liegen.

„Nun." Der Professor stieß einen Atemzug aus, der seine einzige weiße Haarsträhne kerzengerade aufstellte. „Das sollte nicht passieren."

Die Klasse lachte nervös und beäugte die schwingenden Ranken über unseren Köpfen.

„Genug!" Er schlug mit der Faust auf seinen Schreibtisch. „Ich hasse Dinge, die euch amüsieren. Dieses

Geräusch, das ihr gerade gemacht habt, ist wie ein kreischender Dämon in meinen Ohren, und ich hasse Dämonen."

Der Klassenraum verstummte sofort, bis auf das Kratzen von Jons Feder auf seinem Pergament.

Er hob seine Hand und platzte heraus, ohne mit dem Notizenmachen aufzuhören oder aufzublicken: „Professor, gibt es irgendetwas, das Sie mögen?"

Jons Frage klang so unschuldig, aber ich erkannte ihre Widerhaken, die unter die Haut des Professors dringen und sie zurückschälen konnten. Hatte Professor Lipskin wie Professor Wadluck und Professor Woolery auch Geheimnisse?

Mit schrägem Kopf schielte er mit einem Auge zu Jon. „Irgendetwas, das ich *mag*?"

„Ich frage mich nur, wann wir zu diesem Teil des Kurses kommen und ob diese Dinge in der Jahresabschlussprüfung vorkommen werden." Jon tauchte seine Feder in das Tintenfass, während er den Professor weiterhin erwartungsvoll ansah. „Irgendetwas? Ich meine, Sie müssen doch etwas anderes mögen als Untote Botanik. Oder?"

„Terror."

„Ähm..." Jon zuckte mit den Schultern und schrieb das auf.

„Verzweiflung." Er starrte Jon hart an, und die lila Ader auf seiner Stirn pochte. „Das sind Dinge, die ich mag. Die Art, die einen zu etwas treibt, das so weit außerhalb der Box dessen ist, was als normal gilt, dass man nie, nie wieder zu dem zurückkehren wird, wer man war."

Es hörte sich also so an, als würde er mich wirklich lieben.

„Die Art von Terror und Verzweiflung, die Ryze gefühlt haben muss, bevor er sich in die sechs Steine von Amaria aufteilte."

Der Raum verstummte totenstill. Ich rutschte unruhig auf meinem Sitz hin und her, mein Magen drehte sich um. So hatte ich mir seinen Gedankengang nicht vorgestellt.

„Er hatte Angst vor den Menschen von Amaria, weil er wusste, dass seine Herrschaft zu Ende ging. Er hätte es nie zugegeben, aber er hatte Angst. Warum sonst würde er etwas so Verzweifeltes tun wie seine Seele aufzuspalten, damit er irgendwann zurückkehren konnte? Das ist es, was ich mag. Dass Menschen, die es wirklich verdienen, Terror und Verzweiflung spüren. Das ist es, was er wieder fühlen wird. Wir müssen dafür sorgen, damit die Magie, damit das Leben für uns alle wieder normal wird." Seine Stimme zitterte vor Emotionen, als er in die Klasse starrte, die Hände an den Seiten zu Fäusten geballt. „Und wir werden ihn dieses Mal endgültig vernichten."

„Wie?", verlangte ich zu wissen, meine Stimme hart.

Die ganze Klasse drehte sich um und sah mich an, ihre Blicke wie Nadeln, aber ich ignorierte sie. Meine Aufmerksamkeit blieb auf den Professor gerichtet.

„Es wird viele sehr mutige Menschen brauchen", sagte er. „Ryze wird getötet werden müssen, damit seine Seele durch die Geistertür geht, und die Steine und sein Körper müssen zerstört werden, damit seine Seele und sein Körper nie wieder verschmelzen können."

Jon lehnte sich vor und beugte sich über den Tisch, sein Gesicht hatte einen grünlichen Ton angenommen. Der Onyx konnte nicht zerstört werden, wenn Seph ihn immer noch festhielt und nicht loslassen würde. Wenn jemand es versuchte, könnte er Seph oder sich selbst verletzen. Ich konnte seinen ganzen Gedankengang hören, weil ich denselben immer und immer wieder gehabt hatte.

„Atme", murmelte ich und drückte seine Schulter.

Er nickte und holte tief Luft.

„Aber es gibt noch andere Steine", meldete sich ein Typ in der letzten Reihe zu Wort. „Selbst wenn die sechs Steine zerstört werden, könnte er sechs andere benutzen, oder?"

„Technisch gesehen ja", sagte der Professor nickend. „Und es müssen nicht einmal wertvolle Steine sein. Man kann die sechs Teile einer Seele in alles Mögliche aufteilen. Aber weil er es schon einmal getan hat, ändert das die

Dinge. Laut dem Buch der Schwarzen Schatten, einem
Zauberbuch voller dunkelster, schwärzester Magie, verändert das Aufteilen einer Seele die Steine oder was auch
immer verwendet wird, um die Seele zu beherbergen. Sie
nehmen fast ein Eigenleben an, während ein Teil der Seele
darin gefangen ist. Manche sagen, der Onyx habe ihnen
zugeflüstert, sie dazu gebracht... Dinge zu tun."

Ein leises Murmeln ging durch den Klassenraum. Ich
kniff die Augen zusammen, weil ich diesen Teil nicht noch
einmal durchleben wollte, der mich immer noch Tag und
Nacht verfolgte.

„Wie bei Sepharalotta?", fragte ein Mädchen direkt hinter mir. „Ist das der Grund, warum sie—"

Ich sprang auf, meine Kniekehlen stießen gegen meinen
Stuhl und ließen ihn über den Steinboden quietschen.
„Wie hat es die Steine verändert?" Das wollte ich fragen,
aber ich konnte nicht sicher sein, ob ich es tatsächlich
getan hatte, da mein ganzer Körper zitterte und mein Blut
in meinen Ohren rauschte.

Wieder starrten mich alle an. Einige zuckten sogar
zurück. Hatte ich die Frage geschrien? Oder zeigte mein
Gesicht genau, wie ich mich fühlte – roh, beschädigt und
wahnsinnig vor Rachsucht? Möglicherweise alles davon.

Zu beiden Seiten zogen Jon und Echo an meinen Händen, und ich blinzelte zu Jon hinunter.

„Atme", formte er lautlos mit den Lippen.

Ich zwang mich zu atmen und setzte mich, dankbar, dass ich in dieser Situation nicht allein war. Denn das war ich gewesen, als ich hier zuerst ankam, und es war Seph gewesen, der mir gezeigt hatte, dass ich es nicht sein musste.

Der Professor richtete seinen harten Blick auf mich, mit einem Funken Verständnis in den Tiefen seiner Augen. „Ryzes Seele ist bereits an die Steine gebunden. Wenn Ryze beschließt, seine Seele erneut zu teilen, wird es viel, viel schwieriger sein, diesen Bindungen zu widerstehen und die sechs Teile auf sechs andere Objekte zu lenken. Der Zauber ist schon schwierig genug, wie er ist."

„Aber wenn Sie den Stein zerstören, würden Sie nicht auch die Bindung zerstören?", fragte Echo.

„Ja", sagte er.

„Also wird die Zerstörung der Steine sicherstellen, dass er nirgendwo anders hingehen kann als durch die Geistertür", sagte ich. „Sobald er jedenfalls stirbt."

Professor Lipskin nickte. „So ist es, ja."

Jon umklammerte die Tischkante, seine Knöchel wurden weiß. „Und wenn der Onyx in der Hand der schönsten Prinzessin der Welt ist? Wie zerstört man diesen Stein, ohne ihr zu schaden?"

Der Schmerz in seiner Stimme drohte, mich Stück für Stück zu zerreißen, langsam und qualvoll.

„Ich weiß es nicht." Der Professor senkte den Kopf, und der Schopf weißen Haars fiel ihm wieder in die Stirn. „Ich weiß es wirklich nicht."

Kapitel Neun

Ich schreckte hoch, und mein steifer Nacken bereute es sofort. Ich war auf dem Boden meines Zimmers eingeschlafen, mit dem Rücken an die Seite meines Bettes gelehnt und den Kopf über das aufgeschlagene Buch der Schwarzen Schatten auf meinem Schoß gebeugt. Ich hatte über den Seelen-Spaltungszauber gelesen, mächtige, dunkle Magie, die viele in die magische Bewusstlosigkeit stürzte, wenn sie es auch nur versuchten. Außerdem konnte es, wenn es an einer anderen Person durchgeführt wurde, auch die Seele des Zaubernden zerreißen.

Das Buch sagte auch, dass die sechs Teile einer Seele Ipsam, Ka, Ib, Ba, Sheut und Magicae genannt wurden. Ipsam war der Teil, der den Namen enthielt, Ka ist die Essenz, Ib ist das Herz, Ba ist die Motivation, Sheut ist der Schatten einer Person und Magicae ist der Teil, der Magie halten kann. Ich wusste nicht, welchen Teil von Ryzes Seele der Onyx enthalten hatte, aber ich vermutete den Ib, oder sein Herz, da es der dunkelste war. Eine Seele so zu spalten, war der einzige Weg, wie jemand vollständig von den Toten zurückkehren konnte, und es musste geschehen, bevor ihre Seele durch die Geistertür ging, normalerweise innerhalb von fünf Minuten nach dem Tod. Nekromantie ohne die Vereinigung der Seele mit dem Körper führte zu gewalttätigen, hirnlosen Killern, wie sie Ramsey und mich durch die Katakomben gejagt hatten. Die Steine, oder was auch immer die einzelnen Teile der Seele enthielt, mussten zuerst von einer reinen Seele aktiviert werden, bevor sie mit dem Körper wiedervereint wurden.

Eine reine Seele wie Seph. Wie Leo.

Ein Klopfgeräusch kam von außerhalb der Tür. War das das, was mich geweckt hatte? Normalerweise, wenn jemand hereinwollte, platzte er einfach herein, um mich zu erschrecken oder beim Schlafen zu beobachten. Nicht heute Nacht.

Ich versuchte aufzustehen, merkte aber, dass ich an einer grauen pelzigen Masse festhing, die neben meinen Füßen schlief. Eine von Nebbles' Mordkrallen hatte sich in meinen Socken gehakt und stach in meinen kleinen Zeh.

Mein Herz schmolz bei diesem Anblick. Es war seltsam rührend – und seltsam berührend –, dass sie in meiner Nähe schlafen wollte, um mich zu erstechen. Fortschritt!

Vorsichtig, um sie nicht zu wecken, hakte ich mich los und ging dann zur Tür. Auf der anderen Seite stand ein Rabe mit einer Pergamentrolle im Schnabel. Nachdem ich sie entgegengenommen und aufgerollt hatte, fand ich zwei gekrakelte Worte: ES IST ZEIT.

Ähm, Zeit wofür?

Ein weiterer Rabe schwebte durch die geschlossene Treppentür am Ende des Flurs, eine weitere Pergamentrolle im Schnabel, und landete vor einer Tür in der Nähe der Badezimmer ganz am Ende. Nach einem Moment des Klopfens öffnete Echo mit halb geschlossenen Augen, Schlaffalten kreuz und quer über ihr Gesicht und ihr blondes Haar ein einziges Durcheinander. Unser Blutbund erfüllte die Luft mit ihrer pfefferminzduftenden magischen Signatur.

Nachdem sie ihr Pergament gelesen hatte, sah sie auf. „Zeit wofür?"

„Keine... Ahnung." Oh. Ich wusste es doch.

Echo muss es im selben Moment klar geworden sein, denn ihre Augen weiteten sich. „Die Lilienwurzblume", sagten wir gleichzeitig.

Fünf Minuten später, in Stiefeln und Umhängen gekleidet, schritten wir gemeinsam den Flur entlang.

„Es ist nach der dunklen Stunde", flüsterte Echo und strich ihr Haar zurück. „Du kannst durch Schatten gehen. Ich werde–"

„Nicht ohne dich", sagte ich in einem Ton, der keinen Raum für Diskussionen ließ.

Sie lächelte, als sie die Flurtür einen Spalt öffnete und hinausspähte. „Glaubst du, Jon ist schon draußen?"

„Lass uns in diese Richtung gehen und nachsehen. Wir können durch die Küche raus."

„Klingt, als hättest du deinen fairen Anteil an Schleicherei."

„Nur um mich mit Ramsey zu treffen", sagte ich schulterzuckend.

Sie drehte sich um und grinste. „Ihr zwei schleicht euch nicht nur herum."

Mein ganzer Körper errötete bei dieser Andeutung. „Woher willst du wissen, was wir tun?"

„Weil ich es weiß." Sie öffnete die Tür weiter, während sich ein trauriger, in die Ferne gerichteter Ausdruck um ihren Mund legte, und dann verschwand sie hindurch.

Weil sie auch eine gegenseitige Verbindung gehabt und verloren hatte. Mein Herz ging zu ihr.

Wir schlichen auf Zehenspitzen die Treppe hinunter, meine Sinne kribbelten. Am Fuß der Treppe kauerten wir uns hin und spähten in den Eingangsbereich. Nur ein paar Wandfackeln flackerten, ihre Schatten krochen als monströse Gestalten über den Steinboden.

„Wir müssen durch den Versammlungsraum und auf die Bühne", flüsterte ich.

„Wenn wir jemanden sehen, verwandle dich in einen Schatten und geh ohne mich weiter, okay? Ich vertraue darauf, dass du allein eine Blume pflücken kannst, selbst eine Lilienwurz."

„Ich bezweifle, dass es so einfach sein wird. Das ist es nie."

Sie nickte, und ich führte den Weg durch die wirbelnden, pulsierenden Schatten zwischen uns und der großen Bogentür. Einer von ihnen könnte ein Schattenwandler sein, da ich eine kostenlose Totenhand verteilt hatte, aber mein Rückgrat vibrierte nicht unter der Kraft von jemandes Blick auf mir.

Ich öffnete die Tür zum Versammlungsraum einen Spalt, und als ich sicher war, dass sich niemand darin versteckte, schlüpften wir hindurch. Der Bühnenbereich, der Flur und die Küche waren ebenfalls leer, abgesehen von den mehlbestäubten Tischen mit aufgehendem Teig darauf, der mich unkontrolliert sabbern ließ.

Als wir in die Nacht hinaustraten, die von elektrischen Blitzen über den Baumwipfeln aufgeladen war, ertönte ein Fußtritt tief aus der Dunkelheit vor uns. Ich packte instinktiv Echos Ellbogen, meine Finger schweißnass, und hielt inne.

„Jon?", flüsterte sie.

„Nein", sagte eine raue Stimme. Ein großer, schlanker Schatten trat aus den Schatten hervor, und ich fürchtete, wir wären erwischt worden.

Mit zitternden Händen ließ ich meine graue Magie in meiner Handfläche aufblitzen. Zwei Gewitterstürme spiegelten sich darin wider, zu einem Blick verengt, umgeben von einem unglaublich gutaussehenden Gesicht. Ein Blitz erhellte ihn, und mir wurde klar, warum ich ihn nicht durch unser Blutband gespürt hatte. Es lag daran, dass alles nach Regen roch.

„Lass mich raten", sagte ich. „Du bist eifersüchtig, dass du keinen Raben bekommen hast?"

„Blutbindung, schon vergessen?", knurrte er. „Ich kann spüren, wo ihr drei seid und wo ihr auf keinen Fall sein solltet."

Weitere Schritte knackten durch die Bäume an der Seite des Gebäudes, und bevor Jon auftauchte, wehte seine nach Erde und Blumen duftende magische Signatur zu uns herüber. „Sind wir bereit?"

Echo ließ ihren Blick zwischen Ramsey und mir hin und her wandern. „Geboren, um bereit zu sein." Sie eilte zu Jon, murmelte etwas, das wie „Die brauchen noch eine Weile" klang, und sie machten sich auf den Weg in den Wald.

Ramsey stand als stille, unbewegliche Mauer zwischen mir und ihnen.

Seufzend machte ich mich an ihm vorbei in die Richtung auf, in der Quiet war. Oder sein sollte. „Niemand hält dich hier fest."

„Falsch", sagte er und passte sich meinem Tempo durch die Bäume an. „Jemand hält mich ganz definitiv hier fest."

„Du wirst mich nicht aufhalten."

„Würde es etwas ändern, wenn ich es versuchte?"

„Nein."

Er verstummte, das Knacken unserer Schritte über die abgestorbenen Baumwurzeln war das einzige Geräusch, gefolgt vom plink-plink des Regens.

„Dann nehme ich an, ich helfe dir", sagte er schließlich.

„Je mehr, desto besser." Meine Hand streifte seine und schickte Energie in jeden anderen Teil von mir.

„Wenn du meine Hand halten willst, tu es einfach." Trotz seines harten Tons konnte ich sein Lächeln spüren.

„Es war ein Versehen."

„War es das?"

Vielleicht…? Ich stöhnte durch zusammengebissene Zähne und nahm seine Hand. Seine Haut an meiner ließ mein Herz schneller schlagen und meinen Körper aufleuchten. Er kicherte, und der Klang schürte noch mehr Hitze in meinen ohnehin schon warmen Wangen.

„Du bist verwirrend", gab ich etwas atemlos zu.

„Tja, jetzt weißt du, wie ich mich fühle."

„Also bist du nicht sauer, dass ich die Erinnerungsgranate mache, oder doch?"

„Ich bin … resigniert. Du wirst sowieso tun, was du willst, egal was ich sage."

„Ich muss wissen, wer Leo getötet hat, aber es ist mehr als das", sagte ich und steuerte um eine große Wurzel herum. „Ich muss dein Gesicht aus meiner Erinnerung löschen, damit ich …" Ich schloss den Mund, nicht sicher, was ich genau sagen wollte.

„Damit du was?", fragte er sanft.

Ich holte tief Luft und ließ sie wieder entweichen, während ich nachdachte. „Damit es nicht so verwirrend ist. Für mich jedenfalls. Für dich wird es wahrscheinlich immer seltsam sein, mit jemandem zusammen zu sein, der versucht hat, dich zu töten."

Er schnaubte. „Ich komme ganz gut damit klar."

„Aber?"

„Kein aber."

„Warum bist du dann verwirrt?", fragte ich und blieb stehen.

„Ich bin nicht wegen dir verwirrt. Ich bin verwirrt wegen dem, was hier drin ist." Er tippte auf seine Brust. „Alles da drin, alles, was ich fühle ... Es ist so stark."

„Und das verwirrt dich?"

„Irgendwie schon." Er seufzte, als er meine Schultern fasste, sein Blick streifte über meine Lippen, als ob er dort finden würde, was er zu sagen versuchte. „Es ist so stark, dass es sich anfühlt, als würde ich dich vermissen, selbst wenn du direkt vor mir stehst." Er lächelte, als er meinen Blick traf. „Verwirrend, oder?"

„Nein." Ich verstand es vollkommen, weil ich genauso fühlte. Es sollte unmöglich sein, aber da war es, etwas Unbestreitbares, das uns in die Herzen und Köpfe des anderen gemeißelt hatte. Wir schienen den Schmerz des anderen zu absorbieren, während wir uns gegenseitig verrückt machten, auf eine gute Art. Um ihm zu zeigen, wie sehr ich es verstand, stellte ich mich auf die Zehenspitzen und presste meine Lippen auf seine, und legte in meinen Kuss, was ich noch nicht in Worte fassen konnte.

Ich muss die Botschaft rübergebracht haben, denn mein Rücken traf auf den Stamm eines Baumes. Mein Atem entwich in ihn, und er gab ihn mir mit einem tiefen Grollen in seiner Kehle zurück. Meine Nerven pulsierten durch seine Nähe, an jedem Punkt, an dem wir uns berührten, und besonders an einigen, an denen wir uns nicht berührten. Seine Hände glitten über mein Gesicht, als er meinen Kopf nach hinten neigte, um mich tiefer zu küssen. Seine Zunge suchte meine, und plötzlich brauchte ich weder Luft noch feste Beine zum Stehen, denn ich hatte seinen Kuss.

„Ramsey. Dawn", flüsterte Echo aus der Nähe. „Jon sagt, wir müssen uns in Bewegung setzen. Es ist Zeit."

Ramsey zog sich zurück, und ich brauchte ihn nicht zu sehen, um zu wissen, dass er so breit grinste, dass seine Grübchen zu sehen waren. Meine Wangen schmerzten, weil ich auch lächelte, und mein Blut sang durch meine Adern mit einem süchtig machenden Rhythmus.

Er stieß einen zittrigen Atem aus. „Bist du nicht froh, dass du mich heute Abend eingeladen hast?"

„Hab ich nicht." Kichernd nahm ich wieder seine Hand, und wir gingen weiter, vorbei an den Schildern, die uns warnten umzukehren.

„Nicht mit Worten, aber dein Gesicht hat es getan, als du nach draußen kamst."

Kopfschüttelnd ließ ich meine Magie wieder in meine Handfläche schnappen, um mein Gesicht zu beleuchten. „Was sagt dir mein Gesicht jetzt?"

„Dass du seit Tagen nicht mehr daran gedacht hast, mich zu töten. Vielleicht sogar seit Wochen. Das ist Fortschritt."

„Und wenn doch?"

„Dann würde ich dich so lange nerven, bis du dich in mich verliebst."

„Du hast mich genervt, oder?", sagte ich.

„Aber es hat dir gefallen."

„Ja." Ich drückte seine Hand und lächelte ihn an. „Ich mochte es, dass ich mich in Bezug auf dich geirrt habe."

Wir tauschten einen langen Blick aus, der meine Haut erröten ließ, und dann brachte Jon uns zum Schweigen. Vor uns war Quiet zurück. Sein Zauber hüllte alles außer meinem pochenden Herzen in Stille. Jon und Echo standen zu beiden Seiten des Teichschildes, die Finger an die Lippen gepresst, als ob wir die Erinnerung bräuchten. Dahinter spiegelte Quiets Oberfläche die knorrigen, verdrehten Bäume darüber in spiegelglatter Detailtreue wider und ließ sie alle wie monströse Kiefer mitten im Zuschnappen aussehen.

Der Regen fiel nun heftig, aber da wir in Quiets magischer Blase standen, blieb er stumm. Er durchnässte meinen Umhang, und kein einziger Tropfen kräuselte Quiets Oberfläche.

An der unteren Ecke der Brücke wuchs das Lilywort weit geöffnet, um den Regen zu trinken, und Dornen wuchsen um den Rand seiner orangefarbenen Blütenblätter wie geschärfte Zähne. Ein Stein rutschte in meinen Magen hinab und krachte dort mit schwerem Zweifel. Ich konnte nicht garantieren, dass ich das geräuschlos und ohne Körperteile zu verlieren schaffen würde, aber wenn ich es täte...

Ich straffte die Schultern und presste die Lippen zusammen, um jedes Geräusch zu unterdrücken, das entweichen könnte. Ich konnte das schaffen. Ich musste es.

Jon reichte mir eine kleine Gartenschaufel, die ich vorsichtig mit meinen nassen Händen entgegennahm, damit ich sie nicht fallen ließ. Dann trat ich vor und spürte drei Augenpaare in meinem Rücken. Besonders Ramseys, aber seine stummen Bitten ignorierte ich.

Zentimeter um langsamen Zentimeter kniete ich mich hin und flehte, dass meine Knie nicht knarren würden wie die von Mom und Dad manchmal. Dann streckte ich mit dem flachsten Atemzug meinen Zeigefinger in Richtung der klaffenden Pflanze aus. Fünf Zentimeter ... vier ... Bei zwei begann ich zu zittern, aber ich machte weiter. Ein Zentimeter. Näher und noch näher.

Sie schnappte nach meinem Finger. Ich riss ihn weg, und die dornigen Zähne schnitten über zwei Knöchel. Ich presste meine Lippen zusammen, um ein Keuchen zu unterdrücken, aber der Schmerz setzte erst ein, als ich meine Hand befreit hatte und den Schaden im Schein des Blitzes über uns sah. Der Anblick ließ meinen Magen kreisen. Die Haut über meinem Finger war abgeschält worden, und Knochen lugten durch das beschädigte Fleisch. Ich hatte noch nie meine eigenen Knochen gesehen. Wollte es auch nie wieder. Es gab vielleicht noch mehr Schäden, aber das war alles, was ich ertragen konnte. Die Lilienwurz hatte sich geschlossen.

Ich strich mit meinem Finger am dicken Stängel entlang zur Wurzel, meine Nerven schrien. Dann griff ich mit der Schaufel in der anderen Hand die Erde um die Pflanze an. Das Geräusch war ohrenbetäubend in der Stille, und Quiet reagierte sofort. Bevor ich die Pflanze befreien konnte, schossen Arme näher und packten mein Haar, meinen Umhang und zerrten mich zum Teich. Aber ich ließ die Lilienwurz nicht los, und drei andere Armpaare stürmten von hinten vor und griffen nach mir. Es war ein verrücktes Tauziehen, und ich weigerte mich zu verlieren.

Schließlich rissen die Wurzeln frei, und ohne die Hilfe dieses Ankers hätte Quiet mich fast hineingezogen. Ich drückte die Blume an meine Brust, immer noch in der Hocke, und meine Stiefel rutschten immer näher an den Rand des Teichs. Ich schlug mit einem Bein aus und schwang die kleine Schaufel wie eine Waffe, um einige Arme abzuwehren. Immer mehr kamen jedoch, ihre unmöglichen Griffe wurden enger. Jon, Echo und Ramsey zerrten mich so hart nach hinten, dass ich auf meinen Hintern fiel. Sie packten jetzt meine Arme, zogen und zogen, während Quiet an meinen Beinen zerrte. Ich fürchtete, in zwei Hälften gerissen zu werden.

Beide meine Stiefel ploppten ab, was mir eine Sekunde Freiheit verschaffte. Das war alles, was ich brauchte. Meine Freunde zogen mich hoch, und ich krabbelte rückwärts in Sicherheit. Mit der Lilienwurz und mit meinem Leben.

Ramsey legte mich hinter dem Schild außerhalb von Quiets Zauberblase ab und versuchte, die Blume aus meinen Fäusten zu reißen. „Lass mich sehen, Dawn", zischte er.

„Ich hab's geschafft", sagte ich hohl, als Erinnerung, als Versicherung. „Ich hab's geschafft."

Ramsey riss schließlich meine Hand frei, und als er den Zustand meines Fingers sah, schloss ich die Augen bei dem entsetzten Blick auf seinem Gesicht. „Bei den sieben Höllen. Binde dich in Gesundheit, Schütze auch Geist und Seele, Stärke Kraft und Glück, Mach alles neu."

„Lass uns das nie wieder m-" Das Wort verlor sich auf meiner Zunge.

Zu viel Adrenalin. Es war zu viel, und es ließ mich halluzinieren. Denn über Ramseys Schulter starrte die nackte alte Frau mit Hörnern mit roten Augen zurück.

Ich stieß ein einziges Wort aus, bevor mich eine dunkle Kälte ganz verschlang: „Lauft!"

Kapitel Zehn

ZU LANGSAM DREHTEN SICH RAMSEY, Echo und Jon um, um die nackte Frau anzusehen – und dann sprangen sie in Aktion. Ramsey hob mich in seine Arme. Jon und Echo rannten los.

„Was will sie von uns?", rief Ramsey.

Unsere Knochen. Um mit ihrem ausgehängten Kiefer darauf herumzukauen. Allein der Gedanke daran ließ mir einen Schauer über den Rücken laufen.

Baumäste peitschten durch mein Haar und gegen meine nackten Füße, während Ramsey sich durch sie hindurchkämpfte. Aber mit meinem Gewicht in seinen Armen fiel er hinter Echo und Jon zurück. Über dem Krachen ihrer gemeinsamen Schritte wurde das schwere Atmen der alten Frau lauter. Sie holte auf.

„Lass mich runter", flüsterte ich.

„Keine Chance", presste Ramsey hervor. „Du hast keine Stiefel an und du kannst nicht so schnell laufen wie ich, wenn du barfuß bist."

Ich zischte durch zusammengebissene Zähne. Verdammt, er hatte recht.

„Fast an der Küche."

Echo schrie vor uns auf, und mein Körper spannte sich an, konzentrierte sich in der Dunkelheit auf ihre Gestalt. Sie packte Jons Arm hinter sich und wich nach links aus. „Nicht da lang!"

Ein Paar roter Augen spähte zwischen den toten Ästen vor uns hervor. Wie war die Frau so schnell dorthin gekommen? Und warum griff sie nicht an? Sie schien uns von etwas wegzutreiben oder auf etwas zuzutreiben.

Sofort drehte Ramsey ab und gab Gas in Richtung des Hauptwegs, der zur Vordertür führte.

„Ramsey –"

„Ich weiß", sagte er, seine Stimme mehr angespannt als außer Atem. Er spürte es auch, dass hier etwas vor sich ging, etwas anderes als es den Anschein hatte. „Geradeaus", rief er Jon und Echo zu. „Die Vordertüren sind sicher verschlossen, aber ich kenne einen anderen Weg in die Schule."

Die Frau stieß einen ohrenbetäubenden Schrei aus, von vor uns und auf der anderen Seite des Weges. Aber ... wie?

Kurz bevor wir auf den Weg stürmten, flog die Tür zur Schule auf. Ramsey blieb abrupt hinter einem Baum stehen, und Jon und Echo stoppten hinter dem nächsten, ihre Körper angespannt. Sie konnten es auch spüren, diese schreckliche Empfindung, die aus der Türöffnung strömte. Es kratzte an meinem Bewusstsein und nagelte mich am Boden fest. Niemand stand dort drinnen. Nur eine durchdringende Dunkelheit, so dick und ölig, dass sie mir die Kehle hinunterlief und mich würgte.

„Nein", presste ich hervor.

Ich kannte dieses Gefühl. Ich kannte den Magier, zu dem es gehörte. Er war es. Es war Ryze. Wieder einmal in meiner Schule.

Die nackte Frau mit Hörnern trat von der anderen Seite auf den Weg, in jeder Hand einen langen Knochen. Die schimmernde Regenbogenluft, die sie umgab, erstarb, und ihr Körper flackerte. Sie blieb am Fuß der Treppe stehen.

Ein dunkles Lachen rollte von den Vordertüren, so dunkel und unheilvoll, dass ich zurückwich. Ramsey blickte auf mich herab, sein Gesicht blutleer. Ich nickte und bestätigte seine unausgesprochene Frage. Sein Griff um mich lockerte sich, als er heftig blinzelte, und ich glitt so leise wie möglich zu Boden.

Wir mussten keinen Anteil daran haben, was auch immer es war. Wir mussten gehen. Jetzt.

Aber Ryze trat aus den wimmelnden Schatten heraus, um die Frau zu treffen, ähnlich gekleidet wie beim letzten Mal, als ich ihn gesehen hatte, mit einem altmodischen schwarzen, gerüschten Hemd und engen, dunklen Hosen. Dunkelbraunes Haar peitschte um seine breiten Schultern. Es war das, was er trug, das meinen Atem stocken ließ. Ein langer, schlanker Stab, seine Finger um den oberen Teil geschlungen, sodass ich ihn nicht sehen konnte. Den hatte er beim letzten Mal nicht gehabt – Der Stab von Sullivan. Das musste er sein.

Ich ruckte mit dem Kopf zu Ramsey, der ohne zu blinzeln darauf starrte. Ich glaube nicht, dass er sich bewegen konnte. Vielleicht hatte er vergessen wie. Warum hatte Ryze den Stab seiner Familie?

„Professorin", sagte Ryze mit einem grausamen Grinsen zu der Frau.

Nein, keine Professorin. Oder doch?

„Ich muss sagen, ich bin überrascht, dass Sie nach all dem" – er winkte in ihre Richtung – „immer noch einen Job haben. Ein bisschen unorthodox, selbst für diese Akademie."

Die Frau begann die Treppe hinaufzusteigen und verstärkte ihren Griff um die Knochen. Sie verhielt sich nicht wie eine Untergebene. Wenn sie keine war, was dachte sie sich dabei, sich Ryze entgegenzustellen?

Hinter dem nächsten Baum winkte Echo uns zu, tiefer in den Wald zu gehen, ihre Augen weit aufgerissen. Ich schüttelte den Kopf. Selbst wenn Ramsey sich bewegen könnte, würde er es nicht tun, nicht ohne seinen Stab. Wir müssten ihn Ryze wegnehmen, aber der Gedanke daran zersägte meine angespannten Nerven. Ich hatte schon einmal in einer direkten Konfrontation mit ihm verloren, allein, aber mit meinen Freunden stand zu viel auf dem Spiel.

Mit einem harten Schlenker ihrer Handgelenke schleuderte die Frau die Knochen wie Speere auf Ryzes Kopf zu. Sie flogen so schnell, dass sie ihm beinahe den Hals durchtrennt hätten – wenn er sie nicht zuerst gefangen hätte. In einem Wimpernschlag bewegte er sich auf sie zu und hob die Knochen über seinen Kopf. Dann schwang er sie nach unten und durchbohrte ihre Schultern bis zu ihrem nackten Rücken. Die Knochen ragten in einem X heraus und Blut tropfte auf die Steinstufen hinter ihr. Sie stolperte vor ihm auf die Knie.

„Was für eine dumme Sache, Professorin." Er hob seinen Schuh und drückte ihn leicht auf ihren gebeugten Kopf.

Sie taumelte hinunter, die Stufen hinab und blieb regungslos am Fuß liegen ... aber sie sah jetzt anders aus. Jünger, mit langen braunen Haaren. Vertraut ...

„Margo Woolery", flüsterte ich, und während Ramsey wie erstarrt dastand, stolperte ich auf den regennassen Weg hinaus.

Das rüttelte ihn wach, und er griff nach meinem Umhang, aber ich hatte ihn schon abgestreift und eilte auf die Professorin zu. Die Ex meines Bruders. Sie war die alte nackte Frau gewesen?

Sie lag so, dass sie mich kommen sah, und der Blitz glitzerte in den Tränen ihrer hübschen Augen und dem Blut, das den Stein um sie herum bedeckte. Ryze ragte über mir am oberen Ende der Treppe auf, beobachtete, grinste und ließ seine dunkle Energie wallen, die mich zurückdrängte. Ich widerstand. Ich ignorierte ihn. Ich hasste ihn.

Meine sterbende Professorin verzog das Gesicht, als ich mich näherte. „Dawn. Geh."

Ein Schluchzen bahnte sich den Weg aus meiner Kehle. Als Heilerin konnte ich nichts für sie tun. Heiler konnten denen nicht helfen, die an der Schwelle des Todes standen, aber als Magierin mit einem schlagenden Herzen konnte ich etwas tun. Ich konnte für sie da sein und sie mit meinem Umhang bedecken, um ihre Würde zu wahren und sie warm und geborgen zu halten, wenn sie durch die Geistertür ging.

„Es tut mir leid, aber ich kann nicht gehen." Ich breitete meinen Umhang über sie und strich ihr die Haare aus den Augen. Meine Finger rieben große Hautschuppen von ihrem Gesicht und hinterließen Flecken faltiger Haut. Es war, als wäre sie gleichzeitig eine junge und eine alte Frau.

„Ich bin eine Vettel", sagte sie und beantwortete damit die Frage, die ich noch nicht gestellt hatte. „Ich wollte als weibliche Magierin etwas bewirken. Etwas Großes. Aber ich war zu alt. Die Akademie kam dahinter, was ich war und welche Magie ich anwendete, aber ich versicherte ihnen, dass ich nur jeden Monat oder so Knochen brauchte, um zu verhindern, dass mein junges Fleisch abfiel. Ich konnte ihr Versteck verlassen, wann immer ich wieder ich selbst war, aber ihre Magie begann zu versagen, als ich noch in meiner Vettelgestalt war. Ich entkam immer wieder."

Die Professorin zog ihre Hand unter meinem Umhang hervor und ergriff meine, und um ihr Handgelenk war ein Verband gewickelt. Das gleiche Handgelenk, das ich in der Bibliothek mit meinem Dolch aufgeschlitzt hatte.

Um zu verhindern, dass ihr junges Fleisch abfiel ... War das das gewesen, wonach sie im Versammlungsraum auf dem Boden gesucht hatte? Ihr Fleisch?

„Ich habe ihm nicht gesagt, was ich bin ...", sagte sie, ihr ganzer Körper zitterte, „und für ihn stellte sich das als schlimmer heraus, als es ihm nicht zu sagen."

Ich blinzelte, mein Verstand versuchte mit ihr Schritt zu halten. Sie sprach nicht von Ryze. Leo. Sie sprach von Leo.

„Ich liebte ihn." Ihre Augen flatterten. „Wie konnte ich nicht? Ich ..."

Die Qual verschwand aus ihrem Gesicht, und das Licht in ihren Augen erlosch. Sie war fort, die Frau, die ich mir als Schwester vorgestellt hatte, wenn sie und Leo zusammengeblieben wären. Wenn Leo noch am Leben wäre. Wenn ... All diese Wenns brodelten tief in mir und rührten erneut alles auf, was ich verloren hatte.

Ryze seufzte laut, als er näher kam, der Stab von Sullivan klopfte auf die Steinstufen. „Sieht aus, als hättest du etwas zu sagen."

Ich riss meinen Kopf hoch, um zu erwidern, aber mir wurde klar, dass er nicht mit mir sprach.

Etwa sechs Meter hinter mir stand Ramsey, flankiert von Jon und Echo. Ich stand auf und ging rückwärts auf sie zu, wobei ich meinen Blick auf Ryze gerichtet hielt.

„Das ist mein Stab", sagte Ramsey, seine Stimme von kalter Boshaftigkeit durchzogen. „Gib ihn mir."

Donner grollte am Himmel, und der Regen fiel stärker.

Ryze hob die Augenbrauen, ein Funke Verärgerung blitzte in seinen Augen auf. „Ich nehme keine Befehle entgegen, Junge. Ich erteile sie."

„Es ist der Stab von Sullivan." Ramsey streckte seine Hand aus, sein Blick wanderte zwischen Ryze und dem Stab hin und her. „Er ist seit Jahren in meiner Familie und wurde meinem Großvater gestohlen, als er hier Student war. Ohne ihn stirbt meine Familie."

„Woher weißt du, dass dieser hier deiner ist, wenn deiner gestohlen wurde?"

„*Gib ihn mir*", schrie Ramsey.

Ryzes Gesicht verzog sich zu etwas Dunklem und Gefährlichem, als er eine weitere Stufe hinabstieg, nah genug, dass ich jetzt die Narbe sehen konnte, die sich über seine linke Wange zog. „Oder was?"

Mein Körper spannte sich an, bereit, jeden Zauber, den ich kannte, auf ihn zu schleudern. Es würde vielleicht keinen Unterschied machen, aber das und mein Dolch waren alles, was ich hatte. Ich würde niemals zulassen, dass er auch nur ein einziges Haar auf den Köpfen meiner Freunde berührte.

„Was willst du tun?" Ryze neigte den Kopf und verspot-
tete ihn. „Ihn mir wegnehmen?"

Ramsey starrte ihn an, sein ganzer Körper vibrierte vor
intensiver Wut. Ihn wegzunehmen war genau das, was er
vorhatte. Mir wurde schwindelig und übel, weil ich wollte,
dass er ihn bekam, aber Ryze würde das nicht zulassen. Er
wollte ihn für sich selbst ... aber warum?

Ich trat seitwärts vor Ramsey und stellte mich Ryze
entgegen. „Du weißt nicht einmal, wozu er fähig ist."

„Falsch", zischte er. „Ich weiß genau, wozu er fähig ist. In
den falschen Händen ist dieser Stab zu mächtig." Er nickte
Ramsey zu. „Sogar für dich, Junge. Du wüsstest nicht das
Geringste damit anzufangen."

„Jetzt ist er in den falschen Händen." Ramsey stürzte
nach vorn, aber Echo und Jon zogen ihn zurück, und ich
blockierte seine Masse, so gut ich konnte.

„Warum hast du ihn?", feuerte ich auf Ryze.

„Er wurde mir gegeben." Ein grausames Lächeln um-
spielte seine Lippen. „Einfach übergeben von jemandem,
der mit ihm vertraut ist."

Die Person, auf die wir in den Katakomben gestoßen
waren und die versucht hatte, uns zu töten? Aber wieder,
warum?

„Nein, das meinte ich nicht", sagte ich und trat näher an
die Stufen und den Körper der Professorin heran.

Wenn ich laut genug schrie, würde dann jemand aus den offenen Türen gerannt kommen? Aber nein, dann würde ich noch mehr Leben in Gefahr bringen. Ryze hatte heute Nacht schon jemanden getötet. Er musste verschwinden, und wenn er zurückkam, mussten wir bereit sein. Das bedeutete, er müsste den Stab mitnehmen. Es gab keinen anderen Weg.

„Sie meinte, warum du ihn brauchst, wenn du schon so mächtig bist?", fragte Ramsey.

Ryze betrachtete ihn kühl.

„Du magst es, die Dinge zu kontrollieren, die du fürchtest, nicht wahr? Amaria, seine Bewohner, die Steine, deinen Tod?" Ramsey nickte, als ob er seine eigenen Fragen beantwortete. „Du hast Angst vor all dem, oder?"

Ein Blitz spiegelte sich auf Ryzes Gesicht wider und enthüllte die Warnung in seinen Augen. „Ich fürchte nichts."

„Dann fehlt es dir in irgendeinem anderen Bereich, von dem du nicht willst, dass jemand davon erfährt", schoss Ramsey zurück.

„Ramsey", zischte ich. „Hör auf."

Echo und Jon warfen ihm entsetzte Blicke zu.

Das würde Ryze nicht dazu bringen, den Stab auszuhändigen oder zu gehen. Ich wollte mehr als jeder andere, dass er machtlos und weg war, aber ihn zu verärgern war nicht der richtige Weg.

„Meine kleinen Schwestern sterben ohne diesen Stab, und du hast im Grunde gerade zugegeben, dass du ihn nicht brauchst." Ramsey streckte erneut seinen Arm aus. „Also gib ihn her."

Über uns krachte ein Blitz, und Sekunden später grollte der Donner. Regen prasselte herab, aber keiner von uns bewegte sich. Spannung vibrierte durch die Luft und zog sich schmerzhaft zusammen, bis ich dachte, meine Brust würde platzen.

„Weißt du was?", sagte Ryze mit einem kleinen Lächeln. „Du hast recht." Er warf den Stab hoch in die Luft.

Ich sog scharf die Luft ein, als Grauen meinen Magen durchbohrte. Nein, es konnte nicht so einfach sein. Das war ein Trick.

„Ramsey!", schrie ich.

Aber er bewegte sich bereits mit anmutiger Leichtigkeit darauf zu. Denn warum sollte er nicht? Er hatte jahrelang danach gesucht, um seine Familie zu retten, und Ryze hatte ihn ihm einfach überlassen. Mit seinem Blick auf den fallenden Stab gerichtet, sah er nicht, wie sich Ryzes Gesicht mit bösartiger Absicht füllte.

„Nein!" Ich stürzte auf Ramsey zu, aber meine Beine bewegten sich zu langsam, als liefe ich durch einen Albtraum, während Ramsey wie Wasser auf den Stab zufloss.

Er fing ihn, bevor ich ihn erreichen konnte. Er betrachtete ihn mit schockierter Freude, und für einen Moment war auch ich glücklich für ihn. Für einen Moment.

Dann zerschmetterte der nächste alles in scharfe Splitter.

„Et percutiamus eum", sagte Ryze, sein Ton scharf wie Glas.

Ein Blitzschlag fuhr vom Himmel herab und traf den hölzernen Stab. Das weiße Licht sprang die Länge hinunter und prallte auf Ramsey. Er zitterte und zuckte, sein ganzer Körper glühte.

Galle brannte sich meinen Hals hinauf. Ich streckte die Hand aus, um ihm zu helfen, aber der Blitz, der über ihn zuckte, schnappte nach meinen Fingerspitzen und trieb mich zurück.

Echo schrie und sprang zurück.

Jon sagte etwas Unverständliches, seine Augen quollen aus dem Kopf.

„Hör auf! Hör auf!", wirbelte ich zu Ryze herum. „Du hast deinen Punkt klargemacht!"

„Falsch", sagte er ruhig und ging an mir vorbei, als wäre ich nichts weiter als ein toter Baum. Er nahm den leuchtenden Stab aus Ramseys Händen, und der Blitz, der durch ihn zuckte, hörte sofort auf. „Jetzt habe ich meinen Punkt klargemacht."

Ryze verschwand im Nu, mit dem Stab.

Ramseys Augen rollten nach hinten, und er sackte zu Boden.

Ich stolperte, als hätte mich eine Windböe seitwärts getroffen. Mein Mund bewegte sich mit allem, was ich sagen wollte, den Fragen, auf die ich Antworten brauchte, aber kein Ton kam heraus. Ich schluckte mehrmals, während ich seinen Körper nach Bewegungen absuchte. Meine Hände zitterten heftig vor mir. Mir war gar nicht bewusst gewesen, dass ich wieder nach ihm gegriffen hatte.

Ein lauter Schrei durchschnitt die Nacht. Ich dachte für einen Moment, ich wäre es gewesen, aber es war Echo, die an Ramseys Seite kniete, Jon neben ihr mit seinem Arm um ihre Schulter. Wir waren alle blutgebunden. Wir konnten das Leben der anderen wie unser eigenes spüren, und jetzt—

„Ramsey", versuchte ich zu flüstern, aber sein Name verfing sich um mein zerschmettertes Herz.

Er gehörte zu mir. Unmöglicherweise war er zu meinem geworden.

Ein gebrochenes Schluchzen würgte sich aus meiner Kehle, als ich zu ihm stolperte, geblendet von meinen eigenen Tränen. Als ob meine Heilfähigkeit mich antrieb, prüfte ich automatisch seinen Puls, fühlte mit meiner Handfläche nach Atem. Nichts.

Da war nichts.

Ich fiel auf meine Fersen zurück, sicher, dass ich mich übergeben würde, als ich meinen Kopf neigte, und da bemerkte ich, dass da doch etwas war. Kieselsteine lagen verstreut auf dem Weg neben seinen Stiefeln. Ich brauchte nur sechs davon.

„Nein. Was machst du da? *Hör auf.*" Echo stürzte auf mich zu, aber ich streckte meine Hände aus, bevor sie mich berühren konnte, und schrie.

Es brach aus mir heraus in einem durchdringenden Klagen, so scharf und schmerzhaft wie das, was von meinem Herzen übrig war, und der Nachthimmel antwortete darauf mit donnerndem Grollen und einem brillanten Blitzgewitter über meinem Kopf. Es endete mit einem gebrochenen Keuchen und ließ mich... Wut fühlen. Genau wie ich mich gefühlt hatte, nachdem Leo gestorben war.

„Ich muss mich beeilen", sagte ich und sammelte weiter Steine. „Das Buch der Schwarzen Schatten. Es sagte, ich hätte höchstens fünf Minuten, bevor der Geist durch die Geistertür geht."

„Denk darüber nach", flehte Jon. „Dieser Zauber könnte dich töten oder dich wieder in die Vergessenheit der Magier bringen. Und wenn du das machst und die Erinnerungsgranate?" Er schüttelte heftig den Kopf.

„Du musst dich fragen, ob das ist, was Ramsey wollen würde", sagte Echo fest.

„Was er wollte, war seine kleinen Schwestern zu retten und den Stab seiner Familie zu ihnen zurückzubringen", beharrte ich.

„Das hier auch? Oder ist das, was du willst?", fragte sie.

„Er kann den Stab nicht zurückgeben, wenn er tot ist", schrie ich. Aber ich konnte es. Es war das Mindeste, was ich für Ramsey tun konnte. Ich könnte ihn von Ryze zurückholen und ihn Ramseys Familie zurückgeben... ohne ihn. Der Gedanke löste eine neue Welle von Tränen aus. Nein, ich musste das tun. Seine Familie hatte schon so viel gelitten. Ich hatte auch gelitten, und ich hatte genug.

Ich ignorierte Jons und Echos besorgte Blicke und legte die sechs Steine von Ramseys Stirn bis zu seinem Herzen, so wie es das Buch erklärt hatte.

Ich starrte auf sein ruhiges, gutaussehendes Gesicht und atmete mehrmals tief durch. Das könnte meine eigene Seele zerreißen, und da ich noch nicht tot war, könnte mich das umbringen. Aber es war Ramsey. Der Typ, den ich zu töten versucht hatte. Der Typ, der so anmutig in mein Herz spaziert war, wie er sich überall sonst bewegte. Der Typ, in den ich mich irgendwie verliebt hatte. Ich konnte sowieso keinen weiteren Tod ertragen. Wenn er

durch die Geistertür ginge, würde er zu viel von mir mitnehmen. Genau wie bei Leo.

„Expelle decretum meam."

Jon verbarg sein Gesicht in seinen Händen. „Sieben
Höllen, das ist so schlimm."

„Scinditur in ea seax."

Die Steine begannen, in einem grellen Weiß zu leucht-
en, blendend wie der Blitz, der über den Himmel zuckte.
Ramseys Seele, und sie war so schön wie er.

Ich erstickte an einem weiteren Schluchzen, als ich darauf hinabblickte, und meine Brust verkrampfte sich. Ein
scharfer Schmerz durchbohrte mein Herz und wirbelte es
wie einen Kreisel. Schweiß lief mir übers Gesicht und vermischte sich mit meinen Tränen. Etwas stimmte nicht. Es
fühlte sich an, als würde meine eigene Seele versuchen, aus
meinem Körper zu springen und sich mit seiner zu vere-
inen. Qualvoller Schmerz zerriss mein Inneres. Ich schrie
auf, als ich zur Seite kippte und meine Arme fest an mich
drückte, um mich zusammenzuhalten.

„Dawn!", rief Echo, Tränen liefen über ihr Gesicht.
„Hör auf damit! Es bringt dich um!"

Noch eine Zeile. Noch eine Zeile würde es vollenden.
Ich konnte es zu Ende bringen. Ich konnte das schaffen.

Ein heftiger Schauer ergriff meine Wirbelsäule und ließ
nicht mehr los.

„*Tenere in seax.*"

Die Steine auf Ramsey zitterten, sprangen einen Zentimeter in die Luft und verharrten dort, während sie mit seiner hellen Seele vibrierten. Eine Sekunde später fielen sie wieder herunter, und das Licht verblasste. Hatte ich es geschafft? Wie konnte ich das feststellen?

Ich stöhnte, mein ganzer Körper war zerstört, aber ich heftete meinen Blick auf die Steine.

Jon starrte auch auf Ramsey hinab, seine Hand bedeckte seinen Mund.

Zögernd senkte Echo ihren Finger zu einem der Steine und berührte ihn.

„Habe ich—" Ein heftiger Husten zerriss meine Kehle und bespritzte den Boden vor mir mit Blut. Mein Blut. Was auch immer ich getan hatte, ob es funktioniert hatte oder nicht, ich war nicht in guter Verfassung. Ich musste mich heilen. Ich konnte Ramseys Seele nicht in seinen Körper zurückbringen und ihn von den Toten auferwecken, weil die Steine jetzt wie die Steine aktiviert werden mussten, und die einzige Person, die ich kannte, die das konnte... war Seph.

Götter, was hatte ich getan? Seph war noch nicht einmal wach.

Ein Rinnsal lief von meiner Nase über meine Oberlippe. Auch aus meinen Ohren sickerte Feuchtigkeit. Ich berührte sie mit dem Finger, und er kam rot zurück. Ich blutete seitwärts.

Ich keuchte und tastete mit den Händen nach meinen Taschen, aber dann fiel mir ein, dass mein Umhang noch immer die Professorin bedeckte. „Jon, ich brauche meinen Umhang."

Seine weit aufgerissenen Augen schnellten zu mir. Als er das Blut sah, das über mein Gesicht lief, rieb er sich mit der Hand übers Gesicht und seufzte. Dann ersetzte er meinen Umhang durch seinen über Professor Woolerys Körper und reichte ihn mir. Ich fand das Fläschchen und sammelte dann mein seitwärts auslaufendes Blut.

„Dawn...", begann Jon mit schmerzverzerrtem Gesicht.

„Nicht", flehte ich, meine Stimme heiser und gebrochen. „Versuch nicht, mich davon abzubringen. Bitte. Geh einfach und hol den Heiler für mich. Nimm Echo mit und finde jemanden, dem du erzählen kannst, was hier passiert ist." Ich blickte auf die Steine auf Ramsey. „Aber nicht alles, was hier passiert ist. Okay?"

Er taumelte auf die Füße und blinzelte zu mir herunter. „Kannst du dich nur an eines erinnern? Seph braucht dich immer noch."

„Ich weiß." Und ich brauchte sie auch noch. Aus so vielen Gründen.

„Echo, lass uns den Heiler suchen gehen."

Sie schüttelte den Kopf, die Lippen zusammengepresst. „Ich lasse sie nicht allein hier, damit sie sich vergiften kann. Du holst den Heiler, und ich bleibe bei ihr, um Erbrechen auszulösen."

„D-du versuchst nicht, mich davon abzubringen?", fragte ich.

„Weil das beim letzten Mal so gut funktioniert hat?", fauchte sie. „Ich fange an zu glauben, dass du verrückt bist, Dawn."

„Nur zur Verzweiflung getrieben." Ich starrte auf Ramseys reglose Brust, meine Augen brannten. „Immer und immer wieder."

Es würde im Juni einen weiteren ersten Sturm der dunklen Stunde der Saison geben, aber ich konnte nicht warten. Das war leichtsinnig, und im Hinterkopf wusste ich das, aber nach dem, was gerade passiert war, nachdem ich einen weiteren geliebten Menschen vor meinen Augen sterben gesehen hatte, dachte ich nicht klar. Ich hatte monatelang darauf gewartet, herauszufinden, an wem ich meinen Zorn auslassen sollte. Sobald ich ihren Namen von meiner Liste gestrichen hatte, würde ich Ryze und Ramseys Stab und jeden anderen jagen, den ich aufhalten musste, damit das nie wieder passieren würde.

Ich zog mich in eine sitzende Position hoch und sammelte einen nach dem anderen Ramseys Steine ein und legte sie in meine leere Tasche. Dann pflückte ich die Blütenblätter der Lilienblume ab, zerrieb sie mit einem anderen, größeren Stein und fügte sie dem Fläschchen mit den beiden anderen Zutaten hinzu. Alles schäumte zusammen und bildete eine dickflüssige graue Paste.

Nach einem tiefen Atemzug, der meinem ganzen Körper wehtat, rezitierte ich den einfachen grauen Zauberspruch: „Explodiere die Erinnerungsgranate zu der Nacht, in der mein Bruder starb."

Mit zitternder Hand kippte ich den Inhalt des Fläschchens in meinen Mund.

KAPITEL ELF

MEIN MAGEN VERKRAMPFTE SICH heftig. Ich drehte mich auf den Rücken und schrie gegen den Blitz an.

Echo war augenblicklich an meiner Seite, ihr Gesicht vor Panik angespannt.

Das war dumm gewesen, und ich hatte es gewusst und trotzdem getan. Meine Gliedmaßen schienen sich von meinem Körper zu lösen und krochen rückwärts durch meine Erinnerungen. Mein Geist folgte widerwillig zu jener Nacht, in der sich alles veränderte.

Das Innere meines Hauses sah kristallklar aus, als wäre ich wirklich dort und wanderte aus meinem Schlafzimmer in den Flur, weil ich dachte, ich hätte ein Geräusch gehört. Da war das leere Metglas meines Vaters, das er neben dem Beistelltisch neben seinem Lieblingssessel stehen gelassen hatte. Da lugte einer der Pantoffeln meiner Mutter unter dem Sofa hervor. Nur einer davon. Der andere war wahrscheinlich darunter. Und über den Wohnzimmerboden breitete sich so viel Blut aus.

Mein Gehirn kratzte. Ich konnte das nicht. Warum hatte ich gedacht, ich könnte das noch einmal durchleben? Irgendwo weit weg von hier griff jemand fest nach meiner Hand, und ich klammerte mich daran wie an einen Rettungsanker. Ich musste weitermachen. Ich musste sehen, wer Leo getötet hatte.

In meiner Erinnerung hörte ich die angsterfüllten Geräusche, die ich machte, als ich weiter ins Wohnzimmer ging, spürte jedes Keuchen und Zittern – und dann die pure Qual angesichts dessen, was in der Mitte des Raumes lag. Mein Bruder. Tot. Eine hässliche Wunde an seiner Kehle und das schwindende Licht in seinen Augen, das niemals hätte erlöschen dürfen. Und über ihm stand Ramsey mit einem blutigen Messer. Aber sein Gesicht war verzerrt und falsch. Das war nicht er. Sein Bild flimmerte, und dann, als würde man Dampf von einem Spiegel wischen, enthüllte sich die wahre Gestalt des Gestaltwandlers. Ich starrte es an, ohne es überhaupt zu begreifen. Ich stand wie erstarrt vor schockiertem Entsetzen. Mein Körper, der in Echtzeit, bäumte sich auf und schlug auf den Boden, und der Griff um meine Hand wurde schmerzhaft. Ich konnte meine Tränen schmecken, damals und jetzt.

Der Gestaltwandler grinste und rannte zur offenen Hintertür, und während sich meine Erinnerung auf meinen toten Bruder konzentrierte, registrierte mein Ich in der Gegenwart zum ersten Mal etwas. Der Gestaltwandler nahm etwas mit, das an der Rückseite des Hauses gelehnt hatte, etwas Langes und Schlankes wie ein Stab. Der Stab von Sullivan. Der Stab, der seiner Familie gestohlen und in der Nekromanten-Akademie versteckt worden war, wo der Onyxstein aufbewahrt wurde.

Konnte er auch alle Magie blockieren, um es so aussehen zu lassen, als hätte Ramsey wirklich meinen Bruder ermordet? Aber warum ihn so hineinlegen, es sei denn... sie wollten, dass Ramsey erwischt wird, damit er nie den Stab von Sullivan finden würde?

Ich kannte die Antworten nicht, aber ich hatte eine davon. Die wichtigste. Ich wusste, wer Leo wirklich getötet hatte. Die Dunkelheit der Rache und Bestrafung verdrängte allen Schmerz, und ich zog sie näher, um mich davon zu nähren und Kraft zu schöpfen.

Als ich die Augen wieder öffnete, starrte ich in Echos Gesicht, das vor Sorge angespannt war.

„Geht es dir gut?", fragte sie atemlos. „Was hast du gesehen?"

Mein Körper war ausgelaugt. Ich war erschöpft, sowohl emotional als auch körperlich. Meine magischen Reserven waren gefährlich niedrig, aber ein Gesicht zog mich in eine sitzende Position. Ein Gedanke trieb mich auf die Füße, und ich drehte mich zu den offenen Türen der Nekromanten-Akademie.

„Dawn?", Echo musterte mich aufmerksam.

„Bleibst du bei ihm?", Ich berührte mit der Hand meine Tasche, in der ich Ramseys Seele aufbewahrte. Immer noch da. Immer noch sicher. Dann ging ich an Professor Margo Woolery vorbei und begann die blutigen Stufen hinaufzusteigen, die sicher noch viel blutiger werden würden. „Der Gestaltwandler... Es ist Schulleiterin Millington."

Zum Glück brauchte ich keine Magie, um einen Mord zu begehen.

über den autor

Lindsey R. Loucks ist eine preisgekrönte *USA Today*-Bestsellerautorin für paranormale Liebesromane, Science-Fiction und zeitgenössische Liebesromane. Wenn sie nicht mit jemandem, der zuhört, über Bücher spricht, erfindet sie ihre eigenen Geschichten. Irgendwann gibt ihr Gehirn auf und sie spielt Verstecken mit ihrer Katze, fällt ins Schokoladen-Koma oder schaut sich alleine im Dunkeln Gruselfilme an, um neue Kraft zu tanken.

www.lindseyrloucks.com/deutsch

Milton Keynes UK
Ingram Content Group UK Ltd.
UKHW031256251024
450245UK00001B/22